A la orilla del viento…

Para Frank y Trudy Madden
y un perro llamado Clover

Coordinador de la colección: Daniel Goldin
Diseño: Joaquín Sierra Escalante
Dirección artística: Mauricio Gómez Morin

Shiloh

Phyllis Reynolds Naylor

ilustraciones de Tania Janco
traducción de Laura Emilia Pacheco

FONDO DE CULTURA ECONÓMICA

Primera edición en inglés: 1991
Primera edición en español: 1998
Cuarta reimpresión: 2004

Reynolds Naylor, Phyllis

    Shiloh / Phyllis Reynolds Naylor ; ilus. de Tania Janco ; trad. de Laura
Emilia Pacheco. — México : FCE, 1998
    146 p. : ilus. ; 19 × 15 cm — (Colec. A la Orilla del Viento)
    Título original Shiloh
    ISBN 968-16-5805-1

    1. Literatura infantil I. Janco, Tania, il. II. Pacheco, Laura Emilia, tr.
III. Ser IV. t

LC PZ7 Dewey 808.068 R579s

Título original: *Shiloh*

© 1991, Phyllis Reynolds Naylor
Publicado por acuerdo con Atheneum Books for Young Readers,
filial de Simon & Schuster Children's Publishing Division
ISBN 0-689-31614-3

D. R. © 1998, FONDO DE CULTURA ECONÓMICA
Carretera Picacho-Ajusco 227; 14200 México, D. F.

www.fondodeculturaeconomica.com
Comentarios y sugerencias: alaorilla@fce.com.mx

ISBN 968-16-5805-1

Impreso en México • *Printed in Mexico*

Capítulo 1

◆ EL DÍA QUE Shiloh se aparece por casa estamos a mitad de una comilona de domingo. Dara Lynn sopea el pan en su taza de té frío, como le gusta hacerlo, y Becky arrima los frijoles al borde de su plato y luego se los lleva a la boca.

Mamá le lanza una mirada de reproche:

—Aunque sea una sola vez en la vida me gustaría ver que la comida vaya del plato a la boca, sin desviaciones de ningún tipo.

Sin embargo, cuando dice eso me mira a mí. No es que no me guste el conejo frito. Sí me gusta. Sólo que no quiero morder un perdigón, es todo. Por eso examino cada pedazo de carne.

—Revisé bien el conejo, Marty. No encontrarás ningún perdigón en ese muslo. Le disparé en el cuello —dice papá, mientras le unta mantequilla al pan.

No sé por qué preferiría que no dijera eso. Llevo la carne de un lado a otro de mi plato, la paso entre las papas y de regreso.

—¿Murió rápido? —pregunto; y sé que no podré comer a menos que así haya sido.

—Bastante.

—¿Le volaste la cabeza de un solo disparo? —pregunta Dara Lynn. Así es ella.

Papá mastica con lentitud antes de responder.

—No exactamente —dice, y sigue comiendo.

Entonces me levanto de la mesa.

Lo que más me gusta de los domingos es que hacemos una comilona al mediodía. Ya satisfecho, uno puede caminar por todo Virginia del Este antes de que le dé hambre otra vez. Cualquier otro día, si uno sale después de comer, tiene que volver antes de que oscurezca.

Me llevé el rifle calibre .22 que me había regalado mi papá en marzo, cuando cumplí once años. Salí a ver si podía dispararle a algo. Con ganas de encontrar una manzana colgando de la punta de una rama para bajarla de un solo tiro. O colocar una fila de latas en el barandal de la reja y dispararles. Pero jamás le tiraría a nada que se mueve. Nunca he tenido el menor deseo de hacer eso.

Nosotros vivimos en las colinas que están sobre el pueblo de Friendly, pero casi nadie sabe dónde queda. Friendly está cerca de Sistersville, a medio camino entre Wheeling y Parkersburg. Mi papá me dijo que antes Sistersville era uno de los mejores lugares para vivir de todo el estado. En mi opinión, el mejor lugar para vivir es aquí, justo donde estamos: una casita de cuatro habitaciones rodeada de colinas por tres lados.

La tarde es mi segundo momento favorito del día para visitar las colinas: la mañana es mejor, en especial durante el verano. Temprano, muy temprano por la mañana. Una mañana de ésas pude ver tres tipos de animales, sin contar gatos, perros, sapos, vacas y caballos. Vi una marmota, una cierva con dos cervatillos y un zorro gris de cabeza rojiza. De seguro su papá era un zorro gris y su mamá era de color rojo.

El lugar donde más disfruto caminar es justo a través de este puente que rechina, donde el camino hace una curva al lado de la vieja escuela de Shiloh y sigue el curso del río. Río de un lado, árboles del otro: a intervalos hay una o dos casas.

Y esta tarde en particular, voy como a medio camino por el sendero que bordea el río cuando vislumbro algo con el rabillo del ojo. Algo se mueve. Observo y, como a cinco metros de distancia, hay un perro de pelaje corto —blanco con manchas cafés y negras— que no hace ruido alguno, sólo se escabulle con la cabeza gacha, y me observa con la cola entre las patas, como si apenas tuviera derecho a respirar en este mundo. Es un sabueso como de uno o dos años de edad.

Me detengo y el perro se detiene. Parece como si lo hubiera sorprendido haciendo algo indebido, pero yo sé que lo único que quiere, en realidad, es caminar a mi lado.

—Ven, perrito —le digo, golpeando mi pierna.

El perro se echa y se arrastra por el pasto. Yo me río y me dirijo hacia él. Lleva un viejo collar desgastado, quizá más viejo que él mismo. De seguro perteneció a otro perro antes que a él.

—Ven, perrito —digo y extiendo mi mano.

El perro se incorpora y retrocede. No hace un solo ruido, como si fuera mudo.

En verdad duele ver a un perro encogerse de esa manera. Uno sabe que lo han maltratado. Quizá lo han golpeado.

—Está bien, muchacho —le digo y me acerco otro poco, pero él retrocede más.

Así es que tomo mi rifle y camino a orillas del río. Me vuelvo a mirar sobre mi hombro y ahí está el perro. Me detengo y él se detiene. Entreveo sus costillas. No está mucho muy flaco pero tampoco se le ve regordete ni nada por el estilo.

Una rama cuelga sobre el agua y me pregunto si podré derribarla de un tiro. Apunto mi arma y entonces me viene a la mente que la detonación puede asustarlo. Decido que no tengo muchas ganas de disparar.

Éste es un río manso. Si caminas por su ribera parece que ni siquiera se mueve. Pero si te detienes puedes ver cómo se mueven las hojas y lo demás que flota en él. De vez en cuando salta algún pez: son muy grandes. Creo que son tilos. El perro aún me sigue con el rabo entre las patas. Me llama la atención que no haga ningún ruido.

Por fin me siento en un tronco, coloco el arma a mis pies y espero. Un poco más atrás, en el camino, el perro también se echa justo a mitad del sendero con la cabeza sobre las patas.

—¡Ven, perrito! —le digo y otra vez golpeteo ligeramente mi rodilla.

Se mueve sólo un poco pero no se acerca.

A lo mejor no es macho sino hembra.

—Ven, perrita —le digo. El perro no viene.

Decido esperarlo, pero después de estar sentado tres o cuatro minutos sobre el tronco, me aburro y reemprendo el camino. También el sabueso.

Si siguiera el río hasta el final, quién sabe a dónde llegaría.

He oído decir que da la vuelta y se regresa, pero si no es cierto y llego a casa después del anochecer, me espera una buena paliza. Así es que siempre llego hasta el vado donde el río inunda el camino y vuelvo a casa.

Cuando me doy la media vuelta y el perro ve que avanzo, huye hacia el bosque. Me imagino que ésa será la última vez que lo vea y camino hasta la mitad del sendero antes de voltear otra vez. Ahí está. Me detengo. Se detiene. Avanzo. Él avanza.

Y entonces, casi sin pensarlo, doy un silbido.

Es como si hubiera apretado un botón mágico. El sabueso corre hacia mí con las patas a todo lo que dan, las orejas le rebotan y tiene el rabo levantado como un asta bandera. Extiendo mi mano y él me lame todos los dedos, salta hacia mi pierna y hace ruiditos con la garganta. Está feliz, es como si todo el tiempo él hubiera dicho que "no" y ahora dijera que sí, que sí podía acercarme. Tal y como lo pensé, es macho.

—Ven, muchacho. Vaya que eres especial, ¿verdad?

Me río mientras el sabueso da vueltas a mi alrededor. Me pongo de cuclillas y el perro lame mi cara y cuello. ¿Dónde aprendió a acercarse si uno le silba y a alejarse si uno no lo hace?

Estoy tan entretenido con el perro que no me doy cuenta de que empieza a llover. A mí no me molesta. Tampoco a él. Busco el lugar donde lo encontré. ¿Vivirá ahí? Quién sabe. ¿O acaso vivirá en la casa que está al final de la calle? Cada vez que pasamos frente a un lugar me imagino que se detendrá: que tal vez alguien saldrá y le silbará. Pero nadie sale y el perro no se detiene. Me sigue aún después de la vieja escuela de Shiloh. Me sigue incluso a través del puente, moviendo el rabo como una hélice. De vez en cuando me lame la mano para asegurarse de que todavía estoy aquí. Tiene el hocico abierto como si sonriera. *Está* sonriendo.

Una vez que cruza el puente conmigo y pasamos frente al molino de harina empiezo a preocuparme. Al parecer piensa seguirme hasta la casa. Ya tengo suficientes problemas con llegar empapado. Mi abuela materna murió de neumonía y mis papás nunca nos dejan olvidarlo. Y ahora regreso con un perro. A nosotros no nos permiten tener mascotas.

"Si no puedes alimentarlas y pagarles el veterinario cuando se enferman, no tienes derecho a tenerlas" dice mi mamá, con razón.

Durante el resto del trayecto a casa no le hablo más al perro con la esperanza de que se dé la media vuelta y se vaya. Todavía me sigue.

Llego hasta el pórtico y le digo:

—Vete a casa, muchacho.

Y entonces, cuando deja de sonreír, vuelve a poner la cola entre las patas y se marcha a rastras, siento que se me rompe el corazón. Llega hasta donde está el sicomoro y se echa en el pasto mojado con la cabeza sobre las patas.

—¿De quién es ese perro? —pregunta mi mamá al momento en que llego a casa.

Me encojo de hombros:

—Me siguió.

—¿Dónde lo encontraste? —pregunta papá.

—En Shiloh, al otro lado del puente —contesto.

—¿En el camino que está por el río? Apuesto a que es el sabueso de Judd Travers —dice papá—. Hace poco se compró otro perro de caza.

—Si Judd se compró otro animal para ir de cacería, ¿por qué no lo trata bien? —pregunto.

—¿Cómo lo sabes?

—Por la forma en que se comporta. Casi le da miedo orinar —digo.

Mi mamá me lanza una mirada de advertencia.

—No me parece que tenga marcas —dice papá, y estudia al perro desde nuestra ventana.

"Uno no tiene que dejarle marcas a un perro para lastimarlo", digo para mis adentros.

—No le hagas caso y verás cómo se va —dice papá.

—Y quítate esa ropa mojada —me ordena mamá—. ¿Quieres seguir a tu abuela a la tumba?

Me cambio de ropa. Luego me siento y prendo la televisión. Sólo tiene dos canales. Lo único que hay los domingos por la tarde es el programa de sermones religiosos y el beisbol. Veo el juego durante una hora. Luego me levanto y me asomo por la ventana. Mamá sabe qué me propongo.

—Ese perro de Shiloh, ¿aún sigue ahí? —me pregunta.

Asiento. El perro me mira. Me ve tras la ventana y mueve la cola. Le pongo "Shiloh". ◆

Capítulo 2

◆ LOS DOMINGOS cenamos cualquier cosa que haya sobrado de la comida. Si no queda nada, mi mamá prepara masa de harina de maíz y la fríe en gruesas rebanadas que comemos con miel Karo. Pero esta noche sobró conejo. Yo no quiero, aunque sé que Shiloh sí.

Me pregunto cuánto tiempo más podré jugar con este pedazo de conejo en mi plato. Pronto descubro que no mucho.

—¿Te vas a comer esa carne o vas a seguir jugando con ella? —pregunta papá—. Si no la quieres, mañana me la llevo de almuerzo.

—Me la voy a comer —respondo.

—No se te vaya ocurrir dársela a ese perro —dice mamá.

Le doy una mordida diminuta.

—¿Entonces qué va a comer el perrito? —pregunta Becky.

Ella tiene tres años, es cuatro años menor que Dara Lynn.

—Aquí, nada —contesta mamá.

Becky y Dara Lynn miran a papá. Logré que ellas también

sientan lástima por el sabueso. A veces las niñas obtienen lo que quieren con más facilidad que yo. Pero esta vez no es así.

—En cuanto terminemos de cenar el perro volverá al otro lado del río —dice papá—. Si es el nuevo perro de Judd, es probable que todavía no sepa encontrar el camino a casa. Lo llevaremos en el jeep .

No sé qué me gustaría que dijera papá. ¿En verdad creo que me dirá que espere hasta mañana y que, si el perro aún sigue aquí, podemos quedarnos con él? Intento imaginar toda clase de opciones para pasar la carne del plato al bolsillo, pero mamá vigila cada uno de mis movimientos.

Así es que pido permiso para retirarme de la mesa y me dirijo al gallinero. Está atrás de la casa, en un lugar donde mamá no puede verme. Tenemos tres gallinas. Tomo uno de los dos huevos que están en el nido y lo llevo tras los arbustos.

Lanzo un tenue silbido. Shiloh viene saltando hacia mí. Rompo el huevo y lo vacío en mis manos. Las sostengo a ras del suelo. Shiloh se come el huevo y lame mis manos hasta dejarlas limpias. Después enrolla su lengua entre cada uno de mis dedos para aprovechar hasta la última gota.

—Buen muchacho, Shiloh —murmuro y lo acaricio.

Oigo que la puerta de la cocina se azota y papá sale al escalón.

—¿Marty?

—Sí —digo y emerjo de entre los arbustos con Shiloh tras de mí.

—Llevemos ese perro a su casa.

Papá se dirige al jeep y abre la puerta. Shiloh pone su cola entre las patas sin avanzar, así es que yo rodeo el coche, me meto por el otro lado y lanzo un silbido. Shiloh se sube a mi regazo, aunque no se ve muy contento.

Por primera vez lo tengo entre mis brazos. Su cuerpo está tibio y, cuando lo acaricio, puedo sentir las partes donde tiene garrapatas.

—Tiene garrapatas —le digo a mi papá.

—Judd se las quitará —responde.

—¿Y si no lo hace?

—Es asunto suyo, Marty, no nuestro. No es tu perro. No metas las narices donde no te llaman.

Me apoyo contra el respaldo mientras avanzamos por el camino de terracería lleno de baches que conduce a una calle pavimentada.

—Algún día me gustaría ser veterinario —le digo a mi papá.

—*Hmmm* —responde.

—Un veterinario ambulante; de los que tienen su consultorio en una camioneta y visitan las casas de la gente en vez de hacer que ellos vayan a verlo. Lo leí en una revista en la escuela.

—¿Sabes qué tienes que hacer para ser veterinario? —pregunta papá.

—Hay que ir a la escuela. Ya lo sé.

—Tienes que ir a la universidad. Casi como un doctor de personas. Ir a la escuela de veterinaria es muy caro.

Mi sueño medio se escapa como agua en una bolsa de papel.

—Podría ser ayudante de veterinario —sugiero, como segunda opción.

—Quizá —dice papá y conduce el jeep hacia el camino que lleva hasta la cima de la colina.

Está atardeciendo. Hace calor. Es una cálida noche de julio. Los árboles se ven oscuros contra el cielo rojizo. La luz se enciende en una casa por aquí y en otra más allá. Pienso que en cualquiera de ellas es posible que haya alguien que trate a Shiloh mejor que Judd Travers. ¿Por qué tenía que ser suyo este perro?

Hay un monton de razones por las que Judd Travers no me cae bien. Una de ellas es que una vez en Friendly, en la tienda de la esquina, vi a Judd engañar al señor Wallace en la caja registradora. Judd le dio un billete de diez dólares y empezó a hacerle plática. Después, cuando el señor Wallace le dio el cambio, Judd le dijo que le faltaba dinero, que le había entregado un billete de veinte.

Yo parpadée, no podía creer que Judd hubiera hecho eso. El pobre señor Wallace estaba totalmente confundido. Así es que le dije a Judd:

—No. Creo que le dio un billete de a diez.

Judd me lanzó una mirada horrible, sacó su cartera de golpe y ondeó un billete de veinte dólares justo en mis narices.

—¿Quién aparece en este billete, niño? —preguntó.

—No sé.

Judd me lanzó una mirada y dijo:

—Eso pensé. Es Andrew Jackson. Cuando entré a la tienda tenía dos de éstos en mi cartera y ahora sólo tengo uno. Este hombre que está aquí tiene el otro y quiero mi cambio.

El señor Wallace estaba tan ofuscado que sólo hundió la mano en la caja registradora y le dio a Judd cambio de un billete de veinte. Luego me puse a pensar: "¿qué tiene que ver Andrew Jackson en todo esto?" Judd era tan hábil para hablar que siempre lograba salirse con la suya. No conozco a nadie a quien le agrade Judd pero, como dice papá, por aquí cada quien se ocupa de sus propios asuntos. En el condado de Tyler esto es importante. Al menos así ha sido siempre.

Otra razón por la que no me gusta Judd Travers es que escupe tabaco y, si no le caes bien —y yo de seguro le caigo mal—, trata de escupir lo más cerca posible de ti. La tercera razón por la que me disgusta es porque el año pasado él estaba en la feria el día en que nosotros fuimos. A cada lugar que iba él estaba delante de mí y no me dejaba ver nada. Parado delante de mí en la arena de lodo, sentado adelante en la pista de tractores, y levantándose de su asiento en el espectáculo de motocicletas del globo de la muerte, me perdí la mejor parte.

La cuarta razón por la que no me gusta es porque mata venados en temporada de veda. Él dice que no lo hace, pero una vez lo vi al atardecer con un joven gamo amarrado al toldo de su camioneta. Me dijo que se le había atravesado en el camino y que lo atropelló por accidente. Pero yo vi el agujero de la bala con mis propios ojos. De atraparlo hubiera tenido que pagar una multa de doscientos dólares, que de seguro es mucho más de lo que tiene ahorrado en el banco.

Ya llegamos a Shiloh. Papá cruza el puente junto al viejo molino abandonado, y vira en la escuela construida con tablas de madera. Por primera vez siento que Shiloh comienza a temblar. Todo su cuerpo se estremece. Yo trago saliva. Intento decirle algo a mi papá y trago saliva de nuevo.

—¿Cómo se denuncia a alguien que no trata bien a su perro? —le pregunto al fin.

—¿A quién piensas denunciar, Marty?

—A Judd.

—Si éste es un perro maltratado, entonces es uno entre cincuenta mil animales maltratados —dice papá—. La gente los trae aquí a las colinas y los deja libres porque cree que podrán sobrevivir comiendo ratas y conejos. Éste no es el primer perro al que golpean.

—¡Pero éste vino a pedirme que lo ayudara! —insisto—. Yo sabía que por eso me seguía. Me encariñé con él pa, y quiero asegurarme de que no lo maltraten.

Por primera vez me doy cuenta de que papá se impacienta conmigo.

—Sácate eso de la cabeza ahora mismo. Si éste es el perro de Travers, no es de nuestra incumbencia cómo lo trata.

—¿Qué tal si fuera un niño? —le pregunto, en una forma demasiado osada para mi propio bien—. Si en este momento un niño temblara como este perro, ¿no sentirías la necesidad de saber qué le pasa?

—Marty —responde papá con una voz que, a estas alturas, ya denota su mal humor—. Éste es un perro, no un niño, y no es nuestro perro. Quiero que dejes el tema, ¿entiendes?

Guardo silencio. Dejo que mis manos acaricien el cuerpo de Shiloh como si al tocarlo pudiera protegerlo de alguna manera. Nos acercamos cada vez más al remolque donde vive Judd con otros perros que ladran enloquecidos cuando escuchan al jeep que se acerca.

Papá detiene el auto.

—¿Quieres sacarlo? —pregunta.

Niego vigorosamente con la cabeza.

—No, hasta no estar seguro de que le pertenece a Judd —al decir esto me arriesgo a que mi papá me dé una bofetada, pero no dice nada, sale del jeep y camina por las tablas que Judd ha colocado a manera de banqueta.

Judd se asoma desde la puerta de alambre de su remolque. No lleva camisa, sólo una camiseta.

—Pero si es Ray Preston —dice, a través de la puerta.

—¿Cómo estás, Judd?

Judd sale hasta el pequeño pórtico que construyó al lado de su remolque y ambos se quedan ahí y platican un rato. Aquí en las montañas uno casi nunca dice lo que tiene que decir de inmediato. Primero saluda y luego habla sobre alguna cosa distinta a la que le atañe y, por fin, cuando los mosquitos empiezan a picar, uno dice lo que trae en mente. Pero uno siempre le da la vuelta, para no ofender a nadie.

Oigo pequeños fragmentos de la conversación. La lluvia... el camión... los tomates... el precio de la gasolina... y, todo el tiempo, Shiloh permanece recostado sobre mi regazo con la cola entre las patas, y tiembla como una persiana en el viento.

Y de pronto escucho las temibles palabras:

—Por cierto, Judd, esta tarde mi muchacho pasó por aquí, cerca del río, y un sabueso lo siguió a casa. No tiene ninguna identificación en el collar, pero recuerdo que conseguiste otro perro de caza y me preguntaba si sería tuyo.

Yo pienso que eso es un error. Quizá ni siquiera es de Judd. Es tan mentiroso que sería capaz de decir que es suyo con tal de maltratar a otro animal.

Judd apenas deja que mi papá termine. Atraviesa el jardín lodoso enfundado en sus botas.

—Apuesto a que es el mío —dice—. Por nada del mundo logro que este perro bruto se quede en casa. Cada vez que lo llevo de cacería se escapa antes de que termine. Estuve todo el día fuera con los perros y todos volvieron menos él.

Puedo escuchar las toscas pisadas de Judd cuando rodean el jeep. Puedo oler el tabaco que mastica y que despide un olor tan fuerte como el del café.

—Sí —dice cuando se asoma por la ventana abierta—. Vaya si es él.

Judd abre la puerta:

—¡Largo de aquí! —dice, y antes de que me de tiempo de darle al perro una última palmadita, Shiloh salta y Judd lo patea con su pie derecho. Shiloh lanza un aullido y corre detrás del remolque, con la cola entre las patas y la panza en el suelo. Todos los perros encadenados de Judd empiezan a ladrar como locos.

Yo también me bajo de un salto.

—Por favor no lo patee así —le digo—. A algunos perros les gusta correr.

—Él corre por donde quiera —contesta Judd. Puedo adivinar que me estudia en la oscuridad, en un intento por saber en qué me atañe a mí esto del perro.

—Yo puedo cuidarlo —le digo—. Cada vez que lo vea lejos de casa puedo traerlo de vuelta. Lo prometo. Pero no lo patee.

Judd sólo gruñe.

—Podría ser un buen perro de caza, pero agota mi paciencia.

Esta vez lo voy a perdonar, pero si vuelve a escapar, le voy a dar una paliza que jamás olvidará. Te lo aseguro.

Yo trago y trago saliva. De regreso a casa no puedo pronunciar una sola palabra pues trato de contener las lágrimas. ◆

Capítulo 3

◆ ESA NOCHE sólo logro descansar un par de horas. Cuando duermo sueño con Shiloh. Despierto, pienso en él, toda la tarde allá afuera, en la lluvia, con la cabeza entre las patas, y la mirada fija en nuestra puerta. Pienso que lo he decepcionado. Esa primera vez le silbé como diciéndole algo, logré que se acercara a mí y después lo llevé de vuelta con Judd Travers para que lo maltrate de nuevo.

A las cinco de la mañana, cuando empieza a clarear, ya sé lo que debo de hacer: tengo que comprarle el perro a Judd Travers.

No dejo que mi mente vaya más allá, ni pienso en cuánto querrá Judd por Shiloh, ni tampoco si estará dispuesto a venderlo o no. Sobre todo no me pregunto cómo se supone que conseguiré el dinero. Sólo puedo pensar en la única manera de quitarle el perro a Judd, y eso es lo que voy a hacer.

Yo duermo en el sillón de la sala, así que cuando papá viene a preparar el desayuno, me pongo los pantalones y me siento a la mesa frente a él. Primero hace el almuerzo que se lleva al trabajo. Va en su jeep a la oficina postal de Sistersville, donde empaca y distribuye el correo de unas doscientas familias. Después regresa a la oficina postal de Friendly donde empaca la correspondencia de otras tantas familias más. También la distribuye. La ruta entera consta de unos ciento treinta kilómetros de caminos en los que apenas se puede transitar en invierno.

—Buenos días —me dice, mientras mete su emparedado en una bolsa. Después se sirve cereal y un poco de la fruta que logre obtener de nuestro árbol de durazno. Se prepara un café y se come el pan de maíz o los bollos que mamá le guarda de la cena del día anterior.

—¿Se te ocurre alguna manera en que podría ganar algo de dinero? —pregunto con esa voz ronca que indica que uno todavía no está bien despierto.

Papá le da otro mordisco a su pan de maíz, me mira durante un momento, y luego examina su cereal. Dice exactamente lo que pensé que diría:

—Junta unas botellas y llévalas al depósito. Recoge algunas latas de aluminio para que las dejes en el centro de reciclaje.

—Me refiero a dinero de verdad. Tengo que juntarlo más rápido.

—¿Qué tan rápido?

Trato de pensar. Ojalá pudiera ganarlo en una semana pero sé que no es posible. Tengo que salir todos los días de verano a recolectar botellas y latas sólo para juntar una cantidad insignificante.

—Como un mes —le digo.

—Voy a preguntar a lo largo de mi ruta, pero no conozco a mucha gente a quien le sobre dinero —responde.

Justo lo que pensé.

Becky despierta después de que papá se marcha. Mamá aún duerme. Le preparo un plato de cereal, le pongo sus zapatos de goma para que no se lastime los dedos y le desenredo el cabello.

Una vez leí en un libro sobre unos niños que ganaban dinero cuidando bebés. Vaya, si a mí me pagaran, aunque fuera un centavo por cada vez que he cuidado a Becky —y a Dara Lynn también—, tendría muchísimos dólares. A mí me toca hacer un montón de trabajos por los que otros niños, en otros lugares, reciben dinero, pero jamás se me ocurriría pedirles a mis papás que me pagaran. Si se lo dijera a mi papá, me respondería:

—Vives en esta casa.

Y cuando yo asintiera, él agregaría:

—Entonces haz tu parte como el resto de nosotros.

Por eso jamás les he pedido.

—Más cereal —dice Becky, y mientras le preparo el desayuno pienso en la mejor ruta para encontrar latas de alumnio. A la hora en que Dara Lynn despierta, con una de las viejas camisetas de papá a manera de piyama, ya descubrí el modo de duplicar el número de latas. Pero cuando mi mamá despierta unos minutos después, de un vistazo adivina mis pensamientos.

—Traes a ese perro metido en la cabeza —afirma. Alza una pesada sartén de hierro, la coloca sobre la estufa y fríe un poco de tocino.

—Pensar no cuesta nada —le digo.

Ella sonríe y me prepara el tocino crujiente, como me gusta. No volvemos a mencionar al perro de Judd.

Esa mañana camino ocho kilómetros y sólo encuentro siete latas y una botella. Cuando papá regresa de trabajar, como a las cuatro de la tarde, me dice que tampoco encontró a nadie que necesite ayuda, pero agrega:

—Hoy llegó el catálogo de otoño de Sears, Marty. Si no tienes nada mejor que hacer, mañana puedes acompañarme a repartirlos.

Le digo que sí. Sé que lo único que obtendré por mi ayuda es un refresco en la gasolinera, pero me gusta salir en el jeep con mi papá y recorrer callecitas con nombres como Rippentuck y Cow House Run. Puedo llevar una bolsa, por si acaso, para recoger cualquier lata o botella que encuentre en el camino.

Esa noche, papá y yo nos sentamos en el pórtico. Mamá está en el columpio detrás de nosotros. Pela habas para la comida del día siguiente. Becky y Dara Lynn están en el pasto; atrapan luciérnagas y las meten en un frasco. Papá se ríe de la forma en que Becky lanza gritos cuando atrapa un insecto con la mano. Pero verlos dentro del frasco me recuerda a Shiloh encadenado en casa de Judd, tan preso como esas luciérnagas. La verdad es que casi todo me recuerda a Shiloh. Si un perro te mira en la forma en que Shiloh me miró a mí, no lo olvidas jamás.

—¡Tengo diecisiete! —grita Dara Lynn—. ¿No son preciosas, mamá?

—Casi podríamos apagar la luz y dejar que alumbraran la cocina —responde ella.

—¿Vas a soltarlas? —le pregunto.

Dara Lynn se encoge de hombros.

—Si las dejas en el frasco, morirán —le digo.

Becky viene hacia mí y se sube a mi regazo.

—Las vamos a soltar, Marty —dice, y me da un beso en el cuello. Un beso de mariposa, como ella los llama. Parpadea y hace que sus pestañas me hagan cosquillas en la piel. Se siente como las alas de un insecto. Ella ríe, y yo también.

Entonces oigo un perro a la distancia. Al menos creo que es un perro. Podría ser la cría de un zorro, pero me parece que es Shiloh.

—¿Escuchaste eso? —le pregunto a mi papá.

—Es sólo un sabueso quejándose —responde.

A la mañana siguiente papá entra a la cocina, me da un empujoncito y me levanto como rayo. Vamos a Sistersville. Subo todos los catálogos al jeep mientras papá empaqueta el correo. No todos reciben catálogo, desde luego, pero le llega a cualquiera que haya pedido algo a Sears durante el año, así es que hay muchísimos por cargar.

Quince minutos antes de las nueve ya estamos en camino. Papá acerca el jeep a los buzones de correo. Yo les meto la correspondencia y levanto la banderita roja que tienen a un lado —si es que la tienen—. Algunas personas incluso esperan junto al buzón y entonces uno siente malestar cuando no hay nada para ellos.

Papá sabe el nombre de todo el mundo y siempre se da tiempo para conversar aunque sea un poco con ellos.

—Bueno, Bill —le dice a un viejo cuyo rostro se enciende como árbol de Navidad —. ¿Cómo sigue tu esposa?

—Más o menos igual —responde—. Pero este catálogo sí que la va a animar —concluye, y se dirige de vuelta a su casa con la correspondencia bajo el brazo.

A veces la gente le deja a mi papá algún presente en el buzón. La señora Ellison le deja una rebanada de panqué de plátano o un rollo de canela , y papá lo guarda para la hora de la comida.

Al terminar en Sistersville, nos dirigimos a Friendly, pero conforme el jeep se acerca a Shiloh mi corazón empieza a latir. Pienso cerrar los ojos con fuerza en caso de que el perro ande por ahí. Si veo su mirada me voy a volver loco. Cuando estamos como a un kilómetro de casa de Judd escucho el ladrido de los perros; así de fino es el oído de esos animales.

Preparo la correspondencia de Judd. A él no le llega el catálogo, pero sí otras dos revistas que seguramente le alegrarán el corazón: *Armas y Municiones* y *Temporada de Cacería.* "¿Por qué no se suscribe a una revista sobre perros que le enseñe cómo tratarlos?", pienso.

En su casa todos los perros están encadenados, así que nadie aguarda junto al buzón. Pero Judd sí está. Tiene una vieja segadora enorme entre las manos y con ella corta las hierbas que crecen a lo largo del camino.

—Buenas —dice papá y detiene el jeep.

Judd se endereza. Tiene la camisa empapada de sudor y lleva un pañuelo café amarrado alrededor de la frente para que la transpiración no le caiga en los ojos.

—¿Qué hay de nuevo, Ray? —Saluda, y se acerca al jeep con la mano extendida. Le entrego su correspondencia y percibo que apesta a sudor. Ya sé que todo el mundo suda y que el sudor de todo el mundo huele mal, pero me parece que el de Judd huele peor que el de cualquier otra persona. Es un sudor abominable.

—¿Cómo es que no estás en el trabajo? —pregunta papá.

—¿Crees que esto no es trabajo? —responde Judd y luego ríe—. Todavía me deben una semana de vacaciones, así es que en ocasiones me tomo un día libre. El próximo viernes iré de cacería otra vez. Voy a llevar a los perros al acantilado para ver si puedo conseguir unos conejos. Una zarigüeya, quizá. Hace mucho que no como zarigüeya.

—¿Cómo están los perros? —pregunta papá y sé que lo hace por mí.

—Fieros y muertos de hambre —dice Judd—. Cazan mejor si los mantienes medio hambreados.

—Pero tienes que mantenerlos sanos o no te van a durar mucho —le responde papá, y sé que también lo hace por mí.

—Si se muere uno, compro otro —responde Judd.

No me puedo contener. Me asomo por la ventana para ver a Judd de frente: tiene la cara grande y redonda, pelos en las mejillas y en la barbilla que no ha rasurado durante cinco días. Sus pequeños ojos me miran despectivamente bajo sus grandes cejas pobladas.

—¿Está bien el perro que me siguió el otro día? —pregunto.

—Está aprendiendo —responde Judd—. Anoche no le di de cenar ni una migaja. Lo puse donde pudiera ver comer a los otros perros. Eso le enseñará a no andar de vago. Acabo de encerrarlo.

Imaginar a Shiloh hace que me duela el estómago.

—¿Cómo se llama? —pregunto otra vez.

Judd ríe. Puedo ver sus dientes manchados en el lugar por donde escupe el jugo del tabaco.

—No tiene nombre. Nunca les pongo nombre a mis perros. Se llaman perro uno, perro dos, tres y cuatro. Nada más. Cuando los necesito, silbo. Cuando no, les doy una patada: "Largo de aquí", "Fuera", "Con un demonio": ésos son los nombres de mis perros —dice, y su risa hace que se agite la grasa de su vientre.

Estoy tan enojado que no puedo ver. Sé que debería callarme la boca pero le digo:

—Se llama Shiloh.

Judd me mira y lanza un escupitajo. Se detiene a estudiarme durante largo rato, y después se encoge de hombros cuando el jeep reinicia su marcha y avanza bordeando el río. ◆

Capítulo 4

◆ —MARTY —me dice papá cuando damos la vuelta—, a veces no sabes guardar silencio. No puedes decirle a alguien cómo llamar a su propio perro.

Pero yo también estoy enojado y respondo:

—Es mejor eso a que se llame "Fuera" o "Largo de aquí".

—Judd Travers tiene derecho a llamar a sus perros como quiera o a no ponerles nombre si eso es lo que desea. Tienes que aceptar que ése es *su* perro, no el tuyo, y pensar en otras cosas.

El jeep avanza a saltos durante un par de kilómetros antes de que yo vuelva a pronunciar palabra.

—No puedo, papá —digo por fin.

—Bueno, hijo, tienes que tratar —responde; ahora su voz suena cálida.

A mediodía me como mis galletas con mantequilla de maní y el pan de calabaza que la señora Ellison le dejó en el buzón a papá. Cuando terminamos de repartir los catálogos de Sears y toda la correspondencia nos dirigimos de vuelta a la oficina de correos de Sistersville. En la gasolinera papá me compra una Coca-Cola y luego enfilamos a casa. Me olvido de buscar botellas y latas. La única lata que tengo es la que está en mi mano.

—Judd Travers va de cacería casi cada fin de semana, ¿verdad? —le preguntó a papá.

—Supongo que sí.

—¿Uno puede dispararle a cualquier cosa que se mueva?

—Claro que no. Sólo puedes dispararle a los animales que están en temporada.

Recuerdo que hace como un año jugaba en el risco cuando me topé con un perro muerto. Era un sabueso con un agujero en el cráneo. Nunca dije nada porque, ¿qué podía decir? Esa vez pensé que algún cazador le había disparado por equivocación. Suele suceder. Pero ahora, entre más lo pienso, más me pregunto si no habrá sido Judd Travers quien mató al perro a propósito; si no le habrá disparado a uno de sus propios perros; a uno que no le agradara.

Papá sigue hablando:

—Tenemos un nuevo guardabosques encargado de la fauna del condado y, por lo que he escuchado, es bastante estricto. Antes, si un venado traspasaba tu propiedad y se comía tu jardín, podías matarlo y el guardabosques se hacía de la vista gorda. Pero me han dicho que el nuevo pone multas enormes. Bueno, supongo que así es como debe de ser.

—¿Y si un hombre le dispara a un perro?

—Jamás hay temporada de perros, Marty —me dice mi papá con una mirada severa—. Eso lo sabes.

—Pero, ¿y si de todos modos un hombre le dispara a un perro?

—Me imagino que, en ese caso, el alguacil tendría que decidir qué hacer.

Al día siguiente me levanto temprano y me dirijo a Friendly con una bolsa de plástico. Logro recolectar once latas de aluminio, pero nada más. Podría caminar durante un año, y no juntar suficiente dinero para comprar siquiera medio perro.

Todas las cosas en las que he tratado de no pensar me vienen a la mente ahora. ¿Estará dispuesto Judd Travers a vender a Shiloh? Y si lo vende, ¿cuánto pedirá por él? Y si logro comprar a Shiloh, ¿cómo se supone que voy a alimentarlo?

En nuestra casa nunca hay sobras. Cada pedacito de chuleta, de papa o de vegetal que queda se transforma en sopa. Si tuviéramos dinero para que comprara un perro, pagara su comida y al veterinario y todo eso, ya lo tendríamos. Desde hace más de un año Dara Lynn les ha rogado a mis papás tener un gato. No es que seamos tan pobres. El problema es que mi abuela está muy delicada y la hermana de mi papá la cuida en Clarksburg. Cada vez que mi tía Hettie sale, tiene que dejar a mi abuela con una enfermera. Por eso cada centavo que nos queda está destinado a eso. No sobra nada para alimentar a un perro. Pero ése es un problema que todavía no tengo.

Me pregunto, si no vuelvo a ver a Shiloh jamás, quizá con el tiempo logre olvidarlo. Pero esa noche, cuando todos duermen, me recuesto y escucho otra vez ese sonido lejano, como de un perro que llora. No ladra ni aúlla ni gimotea. Llora. Y siento un enorme peso en el pecho. Me pregunto si será un perro, si será Shiloh.

—Ya sé que quieres un perro, Marty —me dice mamá el jueves.

Está sentada en la mesa de la cocina rodeada de cajas de cartón; dobla un altero de hojas y mete cada una en un sobre. A veces, mamá consigue algún trabajo para hacer en casa.

—Ojalá tuviéramos el dinero suficiente para que tú y tus hermanas pudieran tener cada uno una mascota. Pero como tu abuela necesita cada vez más cuidados no lo tenemos. Es todo.

Asiento con la cabeza. Mamá me conoce mejor de lo que yo me conozco a veces, pero esto no lo entiende. No es que quiera a un perro cualquiera. Quiero a Shiloh porque él me necesita a mí. Me necesita desesperadamente.

Cuando vuelvo a oír ese sonido ya es viernes por la mañana. Papá salió a repartir el correo, Becky y Dara Lynn ven caricaturas mientras mamá lava ropa atrás, en la vieja lavadora que no funciona: sólo sirve el exprimidor que da vueltas si accionas la manija. Yo estoy sentado en la mesa comiendo pan con mantequilla y mermelada cuando escucho el sonido que sé es de Shiloh. Un sonido de lo más suave, pero se oye muy cerca.

Doblo la rebanada de pan con la mermelada hacia adentro, la meto en mi bolsillo y salgo a la puerta del frente. Shiloh está bajo el sicomoro con la cabeza apoyada sobre las patas, igual que el día en que me siguió a casa bajo la lluvia. En cuanto lo veo, sé dos cosas: uno, que Judd Travers llevó a sus perros a cazar, tal y como dijo, y Shiloh se alejó de la jauría y; dos, que no lo voy a devolver, ni ahora ni nunca.

No tengo tiempo para pensar en lo que le prometí a Judd: que si alguna vez veía a Shiloh suelto lo llevaría a su casa. Ni siquiera pienso en lo que voy a decirle a papá. En ese momento lo único que sé es que tengo que alejar a Shiloh de aquí y llevarlo a un lugar donde nadie de la familia pueda verlo. Corro descalzo por los escalones del frente hasta donde Shiloh está echado. No deja de azotar la cola contra el pasto.

—¡Shiloh! —murmuro y lo tomo entre mis brazos. Tiembla pero no trata de zafarse, no se encoge como lo hizo el primer día. Lo cargo tan cerca de mi cuerpo y con tanto cuidado como lo hago con Becky cuando está dormida. Empiezo a caminar por la colina hacia el bosque con mi perro en brazos. Sé que si en este preciso instante apareciera Judd Travers, le diría que antes de acercarse a Shiloh de nuevo tendría que dispararme a mí.

Hay cardos y espinas en el camino que sube a la colina. En un día común no lo atravesaría descalzo, pero apenas siento si mis pies se espinaron. Sé que Judd Travers y sus perros no vendrán acá porque esta colina es de mi papá. Llego hasta el arbusto que está junto al pino, me siento y abrazo a Shiloh.

Es la primera vez que estamos solos: la primera vez que lo puedo abrazar sin que nadie vea, apretar su cuerpo delgado, darle palmaditas en la cabeza y acariciar sus orejas.

—Shiloh —le digo como si supiera él que así se llama—, Judd Travers nunca te golpeará otra vez.

Por la manera en que me mira y se acerca a lamerme la cara, es como si Shiloh sellara la promesa. Yo le di mi palabra a Judd Travers pero, Dios me ayude, no la voy a cumplir. Pero a Shiloh acabo de hacerle un juramento que sí cumpliré, y que me parta un rayo si no lo hago.

Por fin lo suelto y me dirijo al arroyo por un trago de agua. Shiloh me sigue. Junto mis manos y bebo. Shiloh también bebe a lengüetazos. "¿Ahora qué?", me pregunto. El problema me cae de tajo.

Tengo que mantener oculto a Shiloh. Eso lo sé. Pero no lo voy a encadenar. Lo único que puedo hacer es construirle un corral. No me gusta la idea, pero vendré a hacerle compañía tan seguido como pueda.

Llevo a Shiloh de vuelta al arbusto y se recuesta.

—Shiloh —le digo con una palmadita en la cabeza—. ¡Échate!

Mueve la cola. Comienzo a alejarme y me vuelvo a mirar sobre mi hombro. Shiloh se levanta

—¡Échate! —le repito con más fuerza y apunto hacia el suelo.

Se echa, pero sé que de todos modos me seguirá. Así es que lo jalo hacia uno de los pinos, me quito el cinturón, lo paso por el viejo collar que Shiloh lleva al cuello y amarro el cinturón al árbol. A Shiloh no le agrada mucho la idea pero se queda callado. Camino por la vereda y de vez en cuando me vuelvo para verlo. Shiloh me mira como si fuera la última vez, pero no ladra. Jamás había visto un perro que se quedara tan quieto.

Mamá aún está en la parte trasera de la casa. Cuando lava, se tarda casi todo el día. Dara Lynn y Becky están clavadas en la televisión. Así es que voy al cobertizo al lado de la casa y saco un poco de la tela de alambre que sobró de la época en que teníamos más pollos. También me llevo un tramo de alambre y me dirijo de nuevo a la colina.

Shiloh aún está ahí y no intenta incorporarse mientras trabajo. Coloco el alambrado alrededor del tronco de tres arbolitos que me sirven de postes, y luego rodeo al pino donde cierro el corral con un alambre. Mide como uno y medio por dos metros.

De nuevo bajo al cobertizo, pero esta vez saco las viejas tablas podridas que papá quitó de las escaleras de atrás cuando puso las nuevas. También un viejo molde para pastel. Llevo las tablas hasta el corral de Shiloh y le ordeno que vaya a uno de los extremos para protegerlo de la lluvia. Le pongo agua en el molde para que tenga algo de beber.

Por último, saco el pan con mantequilla que llevo en el pantalón. Se lo doy a Shiloh en pedacitos y dejo que lama mis dedos tras cada bocado. Lo abrazo, le doy unas palmaditas, acaricio sus orejas y hasta le doy un beso en la nariz. Le digo como un millón de veces que lo quiero tanto como a mamá.

Lo que me preocupa es si se quedará callado o no. Espero que sí porque, para empezar, siempre ha sido un perro silencioso pero, durante todo el trayecto de bajada hacia la casa, pongo un dedo sobre mi boca y me vuelvo a mirar a Shiloh.

—¡*Shhh!* —le digo.

Shiloh no hace ni un sonido. Es como si le hubieran quitado la voz a golpes y jamás la hubiera recuperado.

Esa noche estoy tenso como un grillo. Estoy tenso cuando papá llega en su jeep y temo que el perro ladre. Estoy tenso

cuando, después de cenar, Becky y Dara Lynn juegan afuera entre gritos y chillidos, porque temo que Shiloh quiera participar de la diversión y logre cavar un hoyo bajo el alambrado. Pero no aparece.

Me las ingenio para llevarle un pedazo de papa y pan de maíz antes de que oscurezca. Me siento junto a él en el corral. Shiloh se acerca y me lame la cara. Si fuera gato estaría ronroneando. Está feliz de verme.

Le digo que volveré al día siguiente con algún tipo de correa. Le digo que todos los días correremos por la colina. Le digo que ahora es mi perro y que no voy a dejar que nadie lo vuelva a lastimar. Después me levanto y aseguro el corral con el pedazo de alambre. Voy a casa y, por primera vez en mucho tiempo, duermo toda la noche. ◆

Capítulo 5

◆ "TENGO QUE enfrentar un problema a la vez", digo para mis adentros.

Problema número uno: dónde esconder a Shiloh.

Resuelto.

Problema número dos: ¿Shiloh se quedará callado?

Sí, sí lo hará.

Problema número tres: ¿Cómo voy a sacar comida de la casa, suficiente para alimentar a Shiloh dos veces al día, sin que mamá se dé cuenta?

Al día siguiente, en cuanto papá se marcha, tomo un bollo de la cocina, un pedazo de cuerda del cobertizo y corro hacia la colina antes de que despierten mamá, Becky y Dara Lynn.

Esta vez Shiloh me espera en cuatro patas y agita la cola como un limpiaparabrisas a toda velocidad. Un suave aullido de puro placer se interrumpe cuando le ordeno: "*¡Shhh!*", pero en cuanto entro al corral Shiloh salta casi hasta mi hombro para lamer mi mejilla y frotar su nariz contra mis manos y mis piernas. Se come el bollo de inmediato. Quiere más, lo sé, pero no ladra. Al parecer sabe que, mientras se quede callado, estará a salvo. Amarro la cuerda a su collar.

—Shiloh, vamos a correr.

Para entrar o salir del corral tengo que abrir y cerrar el pedazo de alambre que mantiene al alambrado sujeto contra el tronco del pino. Después, tengo que mover el alambrado lo suficiente para salir o entrar. Shiloh me cede el paso, me sigue y entonces estamos juntos, como un animal de seis patas que corre por el sendero. Shiloh salta para lamerme la mano. Suelto la cuerda y dejo que corra en libertad. Si se adelanta aunque sea unos cuantos pasos, se detiene y voltea a ver si estoy detrás de él. Si se detiene a olfatear un árbol o un arbusto y yo me adelanto, dobla la velocidad para alcanzarme.

Del otro lado de la colina hay una pradera justo en las afueras del bosque y me dejo caer en el pasto para descansar. Shiloh se me echa encima y me deja la cara húmeda de tanto que me lame. Río, doy vueltas sobre mi estómago y me cubro la cabeza y el cuello con los brazos. Shiloh gime y me da golpecitos debajo del hombro con su nariz para hacerme girar. Me río y me acuesto de espaldas, tomo a Shiloh, lo coloco sobre mi pecho y los dos nos quedamos así un rato, tumbados en el pasto, jadeando, difrutando del sol y de nuestra mutua compañía.

—¿Qué hiciste hoy, Marty? —me pregunta papá cuando desciende del jeep ya casi al anochecer.

—Ay, pues fui a buscar marmotas a la colina, y jugué —respondo.

—¿Cómo va tu colecta de latas?

— Hace un par de días encontré unas cuantas.

—Vi unas botellas en la zanja que está cerca de casa del doctor Murphy —me dice.

—Iré a echar un vistazo —respondo, y salgo con mi bolsa.

Tengo que juntar latas suficientes para comprar carne y huesos con el carnicero de Friendly. Entre más crezca Shiloh, más va a comer.

Cuando vuelvo a casa la cena está sobre la mesa y me deslizo en mi silla al momento en que papá empieza a decir la bendición:

"Señor, te damos las gracias por la comida que has puesto sobre la mesa. Bendícela para alimentar el bien que hay dentro de nosotros. Amén".

Mamá toma el pastel de carne, lo reparte y la cena comienza.

Me acabo la mitad de mi comida y digo:

—Ma, últimamente me he sentido muy lleno a la hora de cenar y luego me da hambre otra vez antes de acostarme.

Mamá ni siquiera alza la mirada.

—Pues no cenes tanto y come otra vez antes de irte a dormir.

—Para entonces ya no habrá nada de comer.

—Siempre hay cereal o algo.

—Pero luego me dan ganas de comer carne y papas.

—Entonces guarda un poco de tu cena.

—Dara Lynn se la va a comer.

—¡Por Dios Santo, Marty! —exclama mamá.

—¿A quién le gusta la carne fría? —dice Dara Lynn.

Los tenedores chasquean sin cesar en la mesa. Becky insiste en clavar su tenedor en la papa hervida. Nadie levanta la mirada. Nadie hace una pausa. Ni pregunta algo. Esto es tan fácil como caerse de un árbol.

Por fin me levanto de la mesa y pongo parte de mi carne y media papa en un plato.

—Pondré esto en el refrigerador Dara Lynn —anuncio—. No te lo vayas a comer.

—¡Ya te dije que no!

Voy a la otra habitación y me siento en el sillón. Hasta ahora, todo va bien.

—Te ves inquieto, Marty —me dice mamá desde la mesa.

—¿Quién, yo? ¡Claro que no! Tengo muchas cosas qué hacer.

—¿Dónde está David Howard este verano? No lo he visto por aquí.

—Creo que fue a Tennessee a visitar a su tío.

—¿Y Fred? ¿Y Michael?

—No he visto a Fred. Michael se fue a una especie de campamento.

—¿No te sientes solo?

—¿Cómo puedo sentirme solo con todo el bosque para jugar? —respondo con la esperanza de que me dejen en paz.

—Cuando quieras puedes acompañarme otra vez —dice papá.

Tomo la revista de historietas que compré hace unas semanas.

—Yo te aviso —respondo.

Poco a poco se acalla el alboroto de la cocina. Papá eructa y sale al pórtico a mirar el cielo, como lo hace siempre. Becky juguetea con su comida y mamá la regaña. Dara Lynn suelta una risita y mamá le ordena que levante los platos sucios.

Espero a que todos salgan de la cocina y se sienten en el pórtico a tomar el fresco. Como de costumbre, Becky y Dara Lynn arman un griterío y dan de saltos en el pasto, felices de tener público y, después de permanecer sentado durante un periodo respetable de tiempo, les digo:

—Creo que tomaré mi rifle e iré a la colina un rato.

—¿Qué pretendes cazar a esta hora? —pregunta papá.

—Sólo ensayo mi puntería. Quiero ver qué tan bien puedo disparar cuando ha bajado la luz.

—Nunca, jamás, apuntes tu rifle hacia esta casa o este patio —dice mamá.

—Apuntaré en la dirección opuesta —prometo.

Entro a la casa a recoger mi arma, tomo las sobras de comida del plato, las pongo en una bolsita de plástico y me dirijo hacia la colina con el alboroto de mis hermanas tras de mí.

De nuevo, a medida que me acerco al corral, escuchó suaves y alegres aulliditos. Pero en cuanto digo: "¡shhh!", el ruido cesa. Lo único que se escucha es el golpeteo de la cola de Shiloh contra el alambrado, los cojinetes de sus patas cuando salta en el aire de pura felicidad, el empalagoso sopapear de sus mandíbulas cuando engulle lo que le traje de comer y empieza a saltar a mi alrededor.

Quito el alambre de la cerca, la abro y llevo a Shiloh al arroyo para que beba. Lleno su plato con agua fresca. Cuando vuelvo a llevarlo al corral sé que está triste, que quiere seguir corriendo, pero lo abrazo, lo aprieto y lo acaricio lo suficiente como para que le dure toda la noche. Le prometo que al día siguiente iremos a correr por al campo.

A medio camino de regreso recuerdo que no he disparado mi arma ni una sola vez, y me pregunto si papá me dirá algo. Sin embargo, al llegar al pórtico toda la familia tiene la mirada fija en el camino porque se escucha cada vez más cerca el rugir de un camión.

Me detengo y aprieto el arma con mis dedos.

Papá está sentado en la orilla del pórtico y se inclina hacia adelante para verme.

—Parece el camión de Judd Travers —dice.

Siento el pecho sofocado.

El camión se detiene a un lado de la casa y se abre una puerta.

—¡Buenas! —le grita papá a Judd. Con sus viejas botas vaqueras de punta afilada, sale del camión y se dirige hacia nosotros.

—¡Buenas! —responde.

—¿Ya cenaste? —pregunta mamá—. Sobró comida y, si quieres, puedo calentarla en un momento.

—Cené costillas —dice Judd—. No vengo a buscar cena, señora Preston, sólo a un perro.

Vaya si Judd pierde tiempo en decir lo que quiere. Mi corazón late con fuerza.

—¿Se te volvió a escapar ese perro? —pregunta papá.

—Juro por Dios que si lo encuentro le voy a romper las patas —dice Judd, y lanza un escupitajo.

—Vamos, Judd. Un perro con cuatro patas rotas no te sirve de nada.

—Por la forma en que se escapa todo el tiempo no me sirve de nada. Es la cuarta vez que abandona la jauría. Voy a darle una lección. Voy a darle una paliza y a dejarlo morir de hambre. Me preguntaba si lo habrían visto.

—No lo vi para nada en mi ruta, y sabes que si lo hubiera visto, lo habría metido al jeep y directo a casa —dice papá.

—¿Y qué tal tu hijo? ¿No lo habrá visto?

Papá me había oído llegar, se volvió hacia mí y me preguntó:

—¿Marty?

Me quedé inmóvil junto a la casa.

—¿Qué?

—Ven acá. El perro de Judd volvió a escapar y él quiere saber si lo has visto.

—¿Su perro? ¿Aquí en el jardín? Hoy no he visto ningún perro de ningún tipo en nuestro jardín —digo y doy unos pasos hacia el frente.

Judd me examina. Papá también.

—¿Y cuando saliste a recoger botellas? —pregunta papá.

—No. —Mi voz tiene más aplomo ahora—: Vi al enorme pastor alemán de los Baker que a veces se suelta y a un viejo perrito gris, pero estoy seguro de que no vi a ese sabueso.

—Bueno, pues mantén los ojos abiertos —dice Judd— y, si lo ves, échale una soga alrededor del cuello y tráemelo. ¿Entendiste?

Yo no respondo, sólo lo observo. No puedo hablar. Ni siquiera puedo asentir con la cabeza. Jamás le prometería algo así.

—¿Escuchaste lo que te pidió, Marty? —pregunta papá.

Asiento con la cabeza. Sí, claro que escuché.

—Muy bien —dice Judd y vuelve a subirse a su camioneta.

—¿Tuviste suerte en tu cacería de ayer? —le grita mi papá.

—Un conejo. Vi una marmota pero no la puede atrapar. Si ese perro nuevo no hubiera huido lo habría hecho. Si no fuera tan buen sabueso ya le habría dado un plomazo.

—El alguacil te reprendería si hicieras algo así, Judd.

—La ley nunca me ha dicho qué puedo y qué no puedo hacer con mis perros, y no lo va a hacer ahora —responde.

Judd ríe, se despide con un ademán de la mano, enciende el motor y se aleja. ◆

Capítulo 6

◆ EN EL OESTE de Virginia la noche es tan oscura como el color negro. Nada de luces de autos que cruzan las paredes y el techo como cuando me quedo a dormir en casa de David Howard en Friendly. Nada de postes de luz que brillan en mi ventana, nada de luces de los vecinos de al lado. Donde vivo no hay postes de luz, ni alguna casa que quede lo suficientemente cerca como para verla desde la ventana.

De todos modos tengo los ojos abiertos. Veo la oscuridad de la sala y la oscuridad me devuelve la mirada.

Me viene a la mente el recuerdo de una Pascua hace algunos años en que mi mamá nos trajo a Dara Lynn y a mí unos conejos de chocolate. Yo ya me había comido el mío, pero Dara Lynn sólo le daba una probadita al suyo y lo guardaba en su tocador envuelto en el papel metálico rosa y amarillo. Eso me volvía loco. Un día fui y me comí una de las orejas del conejo de chocolate. Desde luego, Dara Lynn hizo un berrinche espantoso. Cuando mamá me preguntó si había sido yo, dije que no. Podía sentir cómo se me encendían las mejillas y el cuello.

—¿Estás *seguro*, Marty? —preguntó.

Yo me limité a asentir con la cabeza y me fui del cuarto. Fue uno de los días más horribles de mi vida.

Después de que transcurrió como una hora mamá salió al pórtico donde yo me mecía lentamente en el columpio y se sentó junto a mí.

—Marty —me dijo—. Dara Lynn no sabe quién se comió la oreja de su conejo de chocolate y yo tampoco, pero Dios sí lo sabe. Y en este preciso instante Dios mira hacia acá abajo con la expresión más triste de sus ojos, y puede ver a la persona que se comió el chocolate. La Biblia dice que lo peor que nos puede pasar es separarnos del amor de Dios. Espero que lo recuerdes.

Yo sólo tragué saliva y no respondí. Pero antes de irme a dormir, cuando mamá volvió a preguntarme sobre el conejo, tragué saliva y lo admití. Ella hizo que me hincara y le pidiera perdón a Dios. Eso no fue tan malo. Honestamente, después me sentí mejor. Pero entonces me dijo que Jesús quería que fuera al otro cuarto a decirle a Dara Lynn lo que había hecho, y Dara Lynn volvió a hacer un berrinche tremendo. Me lanzó una caja de crayolas y pudo haberme roto la nariz. Me llamó "cerdo asqueroso". Mamá nunca dijo si eso también entristeció a Dios.

Ahora, mientras escruto la oscuridad que me rodea, vuelvo a pensar en las mentiras. No le mentí a Judd Travers cuando le dije que hoy no había visto a su perro en nuestro jardín. Ésa fue la pura verdad, porque Shiloh no anduvo cerca de nuestro jardín. Pero sé que se pueden decir mentiras tanto por lo que uno dice como por lo que calla. Nada de lo que le dije a Judd fue una mentira descarada, pero lo que guardé para mis adentros lo hizo pensar que no había visto a su perro en lo absoluto.

"Dios mío", murmuro. "¿Qué quieres que haga? ¿Ser cien por ciento honesto y devolverle ese perro a Judd para que una de tus criaturas padezca hambre y maltratos otra vez, o cuidarlo aquí y engordarlo para gloria de tu creación?"

La pregunta pareció responderse sola y me siento orgulloso de mi plegaria. Me la repito a mí mismo en caso de que tenga que usarla otra vez. Si Dios es como lo pintan, aunque sea un poco, en las tarjetas que nos enseñan en catecismo, no es de los que quieren que un sabuesito flaco sufra malos tratos.

Pero el problema no es tan sencillo. También les miento a mis papás.

Es mentira que me como las sobras del rollo de carne que aparté. Cada fracción de comida ahorrada es dinero ahorrado que podría destinarse a comprarle un nuevo par de tenis a Dara Lynn. Así mamá no tendría que cortarle el frente a sus zapatos viejos para que sus dedos tengan espacio. Cada fragmento de comida desperdiciada es dinero desperdiciado. Si alguna vez tenemos el más mínimo sobrante de dinero que no deba destinarse al cuidado de abuelita, lo primero que queremos es un teléfono para ya no tener que manejar hasta la casa del doctor Murphy para usar el suyo. Pero yo creo que, si es comida de mi propio plato que hubiera comido pero no lo hago, ¿qué daño hay en eso?

A la mañana siguiente, cuando me levanto para ver a Shiloh, amarro la cuerda a su collar y una vez más lo llevo al otro lado de la colina, fuera de la vista de todos menos de Dios. Entonces lo suelto y corremos y nos caemos y nos reímos y rodamos en el pasto y a cada rato nos quedamos recostados sobre los tréboles. Yo de espaldas y Shiloh se echa sobre su panza y ambos jadeamos y nos damos ligeros empujones con la nariz.

No sé si Shiloh se está volviendo más como humano o yo me estoy volviendo más como perro. Estoy pensando que si alguna vez Dios regresara a la Tierra lo haría en forma de perro, porque no hay nada más humilde, paciente y amoroso que el sabueso que tengo entre mis brazos en este instante.

Nos sentamos a nuestra comida del domingo, pero entrada la tarde se avecinan unas nubes que anuncian una tormenta. La lluvia golpea el techo de lámina de nuestra casa, chorrea por las ventanas y hace un pequeño estanque en el jardín aledaño.

No puedo evitar atisbar desde la ventana hacia la colina. ¿Intentará Shiloh saltar el enrejado para refugiarse en un lugar más seco? ¿Podrá hacerlo? ¿Será tan listo como para ponerse bajo el techito que le hice? ¿Lo habré construido bien, protegido de la corriente de aire? ¿Y si le da por aullar?

A los veinte minutos la lluvia cesa, sale el sol y las aves vuelven a trinar, sobre todo ahora que el lodo rebosa de lombrices. Shiloh se quedó en su lugar, y confío en que el sitio donde lo puse es el mejor para él. No hizo ruido, como si supiera que su vida depende de ello.

—Marty —me dice papá que sale con un trapo a limpiar su jeep—. Ayer vi a la señora Howard y me dijo que David ya había vuelto de Tennessee. Quiere saber cuándo se pueden ver, pues a David le gustaría venir aquí algún día de la semana entrante.

David Howard me cae muy bien, pero ciertamente no lo quiero ver por acá. A David le gusta la colina; siempre quiere jugar allá. No le tiene miedo a las serpientes como Dara Lynn. De hecho, a David le gusta ir hasta la cima y bajar corriendo para ver quién llega primero a la reja. También le gusta escalar los árboles y jugar a las escondidas.

—Bueno, mañana iré a casa de los Howard. Prefiero hacer eso —respondo.

—¿Por qué no hacen las dos cosas? —interviene mamá que sale a echarles granos a las gallinas—. Casi no has visto a tus amigos en todas las vacaciones, Marty. ¿Por qué no vas a Friendly una tarde e invitas a David a venir otra?

—No hay mucho que hacer por acá —digo, sin saber qué más contestar.

Fue la respuesta incorrecta. Papá y mamá no me quitan la mirada de encima.

—El otro día dijiste que tenías muchas cosas que hacer acá —dice papá mientras exprime el trapo en la bomba de agua.

—Muchas cosas para mí, pero pocas para David Howard —respondo.

Es mentira. Es una mentira enorme. Es curioso como una mentira lleva a otra y, antes de que te des cuenta, tu vida entera puede ser toda una mentira.

Más tarde me siento en el columpio de la terraza. Ni

siquiera intento mecerme, sólo escucho que adentro preparan la mesa para comer.

—¿Qué crees que le pasa al muchacho, Lou?

Es la voz de papá.

—Tener once años, creo que eso es todo —responde mamá—. Los once años son difíciles. Para mí lo fueron.

—¿Crees que sólo sea eso?

—Lo que te gusta un día te disgusta al siguiente. ¿Qué más crees que pueda ser?

—¿No crees que todavía piense en ese perro, verdad?

—A los once años piensas en todo —responde mamá.

En la tele comienzan a pasar el noticiario vespertino. Entonces Dara Lynn y Becky salen al pórtico y le dejan el televisor a papá.

Dara Lynn no sabe qué hacer, no se aguanta ella misma; está medio aburrida con las vacaciones pero tampoco quiere volver a clases. Sólo por eso se deja caer en el columpio junto a mí y empieza a imitar todo lo que hago. Suspiro y ella suspira. Me llevo los brazos a la cabeza y ella hace lo mismo. Hace que Becky también me imite y las dos ríen a carcajadas.

Me harto de estas tonterías y decido subir a la colina para ver cómo está Shiloh, pero justo cuando estoy por salir, Dara Lynn se pone de pie y se dispone a seguirme.

Me detengo.

—Voy por una vara para atrapar serpientes —digo como pensando en voz alta.

—"Voy por una vara para atrapar serpientes" —repite Dara Lynn.

La ignoro y me voy andando por la orilla del jardín y levanto una vara aquí, otra allá. Dara Lynn me sigue.

—Tiene que ser muy larga y tener una buena punta —digo—, porque ésa era la serpiente más horrible y grande que he visto en mi vida.

Dara Lynn se detiene por completo. No podría haber repetido eso ni con todo el esfuerzo del mundo, pero ya no le interesa intentarlo.

—¿Qué serpiente? —pregunta.

—Una que vi en la colina esta mañana —respondo—. Debe medir como metro y medio de largo, y parecía que sólo esperaba toparse con la pierna de alguien para enroscárse.

Dara Lynn no da un paso más. Becky ni siquiera baja del pórtico.

—¿Qué vas a hacer cuando la encuentres? —pregunta Dara Lynn.

—Primero, tratar de que no me muerda. Luego, recogerla con mi vara, meterla en una bolsa y llevarla más allá de la escuela de Shiloh para soltarla en alguna parte del bosque. No la quiero matar a menos que tenga que hacerlo.

—¡Mátala! —dice Dara Lynn—. Lleva tu rifle y vuélale la cabeza.

—Has visto demasiada televisión, Dara Lynn —le digo—. Hasta las serpientes tienen derecho a vivir.

Pienso en que, si alguna vez me convierto en ayudante de veterinario, también voy a tener que atender serpientes.

Al día siguiente voy a Friendly para evitar que David Howard venga en bicicleta a verme a mí. Primero fui a ver a

Shiloh y le llevé un puño de huevo revuelto que sobró del desayuno, un poco de tocino y media rebanada de pan de centeno que metí en la bolsa de mi pantalón. Sé que no es suficiente para el perro, pero es probable que sea más de lo que Judd le daría.

Tampoco es suficiente para mí. Esconder la mitad de mi desayuno, comida y cena para Shiloh significa que tengo hambre todo el tiempo, pero si como de más entonces significa que Shiloh nos cuesta un dinero que no tenemos. Me lleno los bolsillos con duraznos agusanados antes de salir rumbo a Friendly, y muerdo cada pedazo, lo escupo en mi mano y le saco los gusanos antes de volverlo a meter en mi boca.

Me complació que, cuando llegué, Shiloh estuviera dormido bajo el techito. El suelo estaba más seco allí. Le llevé unos sacos viejos de yute que saqué del cobertizo para que se acueste en ellos y sienta que tiene una cama, una casa.

Caminar hasta Friendly lleva mucho tiempo, a menos que logre que alguien me lleve. Mis papás no permiten que me suba a un coche con desconocidos, pero como mi papá es el cartero de esta región, conozco a casi todos los que pasan por aquí. Sin embargo, la primera persona que aparece hoy resulta ser Judd Travers.

Cuando escucho el sonido de un motor y me vuelvo a ver que su camioneta disminuye la velocidad, me volteo de nuevo y sigo caminando, pero él se detiene a mi lado.

—¿Quieres que te lleve? —pregunta.

—No, gracias —respondo—. Ya casi llegué.

—¿A dónde vas?

No pude pensar lo suficientemente rápido para mentir:

—A casa de David Howard.

—Con un demonio, niño. Ni siquiera vas a mitad del camino. Sube.

Sé que no tengo que hacerlo a menos que quiera, pero si ya sospecha de mí, negarme sólo va a empeorar las cosas. Así es que me subo a su camioneta.

—¿Todavía no has visto a mi perro? —es lo primero que sale de su boca.

—He buscado en todos los caminos —le digo a manera de respuesta—, pero no he visto ningún sabueso.

—Bueno, no creo que él ande por los caminos —dice Judd—. No un perro tímido como él. Tímido como un ratón de campo, excepto cuando ve un conejo. Eso es lo que dijo el hombre que me lo vendió, y vaya si estaba en lo correcto.

—¿Cuánto le costó? —le pregunto.

—Me salió barato porque es tímido. Treinta y cinco dólares. Como perro de caza podría valer mucho más, si lograra mantener a ese maldito animal en mi hogar.

—Uno tiene que tratar bien a un perro si quiere que se quede —le digo con imprudencia.

—¿Y tú qué sabes de eso? —dice Judd y de repente se vuelve a verme, luego se vuelve hacia el otro lado y escupe tabaco por la ventana—. Tú nunca has tenido un perro, ¿o sí?

—Me imagino que un perro es igual a un niño. Si uno no trata bien al niño, también se va a escapar en la primera oportunidad que tenga.

Judd ríe.

—Bueno, si eso fuera cierto, yo me habría escapado a los cuatro años de edad. Lo único que recuerdo es a mi papá golpeándome con el cinturón; me dejaba la espalda en carne viva que apenas podía ponerme la camisa. Pero me quedé. No tenía a dónde ir. Y salí bien, ¿verdad?

—¿Bien, cómo?

La imprudencia crece en mi pecho y toma todo el espacio del aire.

Ahora Judd suena enojado.

—¿Intentas pasarte de listo conmigo?

—No. Sólo pregunto cómo salió alguien a quien golpearon desde que tenía cuatro años. Me da lástima, es lo que siento.

Durante un momento Judd se queda mudo. El gran montón de tabaco que mastica sube y baja dentro de su mejilla.

—Pues no gastes tu lástima en mí. Nunca nadie jamás sintió lástima por mí, y yo nunca sentí lástima por nadie. No necesito lástima.

Me quedo callado.

Llegamos a la calle donde vive David Howard y la camioneta disminuye su velocidad.

—Desde aquí puedo caminar. Gracias.

Me bajo.

Pero cuando rodeo la camioneta para cruzar la calle, Judd se asoma por la ventanilla y me dice:

—Como dije, ése es un perro tímido. No creas que lo vas a ver cerca del camino, pero en el campo mantén los ojos abiertos. Es casi seguro que esté ahí. Si lo ves, lo único que tienes que hacer es silbarle. Le silbo, viene a mí y le doy de comer. Pero si hace algo que no me gusta le doy una patada que lo manda a China. Si lo ves, sólo silba, quédate con él y yo iré a recogerlo. ¿Oíste?

—Sí —respondo y sigo mi camino. ◆

Capítulo 7

◆ LA CASA DE David Howard es como dos veces más grande que la nuestra y en ella viven la mitad de personas. Sólo son él, su mamá y su papá. El señor Howard trabaja en el periódico de Sistersville, y la mamá de David es maestra. Siempre les da gusto que los visite, en parte porque David y yo somos los mejores amigos y, en parte, creo, porque su casa es tan grande que los tres se pierden en ella.

Tiene dos pisos. Tres, contando el sótano, y cuatro, con el desván. Tiene cuatro habitaciones en la planta de arriba: una para David, una para sus papás, una para invitados y una para los libros y la computadora de su papá. Abajo hay una cocina enorme, un comedor con una lámpara muy elegante que cuelga sobre la mesa, un salón de estar, un cuarto lateral con muchas ventanas sólo para plantas, y un pórtico que abarca tres de los cuatro lados de la casa. Una vez le conté a mi mamá que los Howard tenían un cuarto sólo para invitados, uno sólo para libros, uno sólo para plantas, y ella dijo que tenían tres cuartos de sobra. Fue la primera vez que noté que mi mamá era capaz de sentir envidia.

Mi amigo dice que la casa pertenecía a su bisabuelo, así es que me imagino que algún día será de David. Como, tal vez, nuestra casita, la colina, la pradera y el bosque me pertenecerán a mí y a Shiloh, sólo que probablemente tendré que compartir todo con Dara Lynn y con Becky, y con quien ellas se casen, y es un montón de gente para cuatro habitaciones.

—¡Marty! —exclama la señora Howard cuando toco el timbre de campanitas—. ¡Nos da tanto gusto verte! ¡Entra!

Siempre lo dice con sinceridad. Es como si pensara en mí incluso cuando no estoy ahí. Luego David baja las escaleras a toda velocidad con un helicóptero que vuela al jalar una cuerda, y casi de inmediato estamos afuera en el patio trasero, persiguiendo el helicóptero y contándonos lo que hemos hecho en las seis semanas que han transcurrido desde que terminó la escuela. Tengo que morderme la lengua para no contarle de Shiloh.

Nos sentamos en los escalones de la cocina y comemos paletas heladas que su mamá hace con jugo de piña. Le cuento a David del zorro gris con cabeza roja y él me cuenta del gato siamés de su tía que ronronea sólo por el placer de hacerlo. Luego le cuento de Judd Travers y de lo malo que es con sus perros; claro, sin mencionar a Shiloh, y luego David dice que me tiene una sorpresa.

Subimos a su cuarto. David dice que tiene una mascota y me pregunta si la quiero cargar.

—¡Claro! —le contesto—. ¿Qué es?

—Siéntate, cierra los ojos y extiende las manos —dice David.

Me siento en la orilla de su cama, cierro los ojos y extiendo las manos. Espero que algo cálido, que se menee y tenga mucho pelo caiga en mis brazos. En vez de eso siento algo frío, redondo y de plástico y, cuando abro los ojos, veo una pecera con arena y un cangrejo ermitaño que camina cor una concha sobre sus espaldas. ¿Es esto una *mascota*?

—¡Mi primera mascota! —dice David—. Se llama Hermie. ¿Ves todas esas conchas? Se las compramos. En la noche sale de una y se pone otra, como si se cambiara de ropa.

Miro a David y luego al cangrejo en la pecera. Quiero contarle de Shiloh y de cómo corremos hasta el extremo de la colina todos los días, nos revolcamos en el pasto y me lame la cara, pero no puedo decirle nada. Aún no. A lo mejor nunca.

Sin embargo, Hermie resulta ser bastante divertido. Sacamos los viejos cubos de juguete de David, de ésos con los que juegas en el jardín de niños. Construimos un laberinto enorme con muros a ambos lados y metemos a Hermie dentro. Se desliza por el laberinto, buscando el camino, y nosotros nos reímos cuando se equivoca y acaba en un callejón sin salida. Supongo que cualquier tipo de mascota está bien una vez que te acostumbras, pero no cambiaría a Shiloh por todos los cangrejos ermitaños del mundo.

—¿Cuándo puedo ir a tu casa? —pregunta David mientras guardamos los cubos.

—No sé. Mi mamá no se ha sentido muy bien a últimas fechas y no soporta ninguna clase de ruido.

Vaya si me estaba metiendo en problemas con semejante mentira.

—Podríamos quedarnos en esa gran colina — sugiere David—. Correr en el campo. Jugar a las escondidas.

—No creo que debamos hasta que se sienta mejor —le digo—. Yo te aviso. Pero a lo mejor puedo venir la semana que entra.

Le digo a la señora Howard que tengo que volver a casa al atardecer, y ella responde que de seguro puedo quedarme a almorzar, que es justo lo que yo esperaba que dijera. Me siento a la mesa que tiene manteles individuales, los cuales parecen de juguete, uno bajo cada plato. La señora Howard nos hizo un emparedado de pollo con lechuga a cada uno, y de adorno les puso un palillo con una aceituna. Así es la mamá de David. A lo mejor porque es maestra: siempre busca la manera de hacer que las cosas sean mejores de lo que son.

Hace lo mismo con los muchachos. A la hora del almuerzo no nos deja solos. Mi mamá nos empaca algo de comer y deja que nos vayamos al bosque. La señora Howard siempre se sienta a comer con nosotros y habla de cosas de los mayores. Hoy nos cuenta que eligieron nuevos representantes que serán más honestos —al menos eso espera— que quienes dejaron el cargo, y que la región se beneficiará y también el estado de Virginia del Oeste. La mamá de David siempre piensa en grande.

—Uno no puede elegir personas que gobiernen sólo porque fueron amigos de tu padre o de tu abuelo —afirma, mientras mastica una varita de apio.

Yo sólo pienso en la comida. Devoro cada migaja de mi emparedado de pollo. Tengo tanta hambre que ni siquiera le guardo algo a Shiloh; luego me avergüenzo de mí mismo. La señora Howard se da cuenta de que recojo hasta las migajas y me dice:

—Tengo suficiente ensalada de pollo para medio emparedado más, Marty. ¿Lo quieres?

—Me sabría muy bien de camino a casa —le digo mientras ella lo envuelve. "La cena de Shiloh", me digo a mí mismo.

Pero el almuerzo aún no termina. Después del emparedado viene el pudín de tapioca y galletas cubiertas de chocolate, que me gustan casi tanto como la Navidad. No veo manera de llevarle pudín a Shiloh, así que me lo como, y pregunto si puedo tomar un par de galletas más para comerlas también de camino a casa. La señora Howard abre la bolsa y mete seis galletas más. Mamá se habría sonrojado si me hubiera oído pedir eso, pero parece que he llegado a un punto en el que soy capaz de hacer casi cualquier cosa por Shiloh. De pronto una mentira no parece ser una mentira cuando su intención es salvar a un perro, y el bien y el mal están mezclados en mi mente.

Peor que eso, cuando me despido de los Howard ni siquiera me dirijo a casa. Primero camino por la calle hacia la tienda de la esquina y le pregunto al señor Wallace si tiene cualquier clase de queso viejo o de carnes frías que me venda barato. Tengo cincuenta y tres centavos de las latas que he recolectado hasta ahora y que papá canjeó por mí. Le muestro al señor Wallace mi presupuesto.

—Bueno, Marty, déjame ver que encuentro en la bodega —dice, y me conduce a un cuartito que hay detrás del mostrador. Habla pero no me ve a los ojos, como hacen los adultos cuando no quieren apenarte—. Tengo algo aquí que no está precisamente echado a perder, pero está demasiado viejo para venderlo. Pero no queremos que tu familia se vaya a enfermar con esto.

Me sonrojo porque papá se moriría de vergüenza si supiera que el señor Wallace piensa que esta comida es para nuestra cena, pero de ningún modo le puedo contar sobre Shiloh.

Le doy todo el cambio que tengo y me da un gran pedazo de queso enmohecido por un lado, un litro de crema agria y medio paquete de salchichas que alguien abrió para vender sólo cinco. Yo estoy tan feliz como una pulga en un perro. De alguna manera sé que el señor Wallace no le contará esto a nadie. Por aquí las personas se limitan a sus propios asuntos.

El siguiente problema es cómo conservar la comida sin que se eche a perder en el calor de julio. No puedo usar nuestro refrigerador porque mamá se daría cuenta de inmediato. Cuando llego a casa ella está planchando y viendo la televisión. Becky y Dara Lynn están en el columpio con sus muñecas de papel regadas por todos lados, así es que voy al cobertizo y encuentro una vieja lata de jugo.

Me escabullo hacia la colina con la lata y toda la comida. Entonces, mientras Shiloh observa, coloco una roca en el fondo de la lata, la acomodo en el agua fría del arroyo, la rodeo con piedras, y dentro pongo la crema, las salchichas, el queso y las galletas. Le ajusto la tapa de plástico y encima una roca pesada para que los mapaches no la puedan abrir. Estoy tan orgulloso de mí mismo que me gustaría gritar. Tengo hambre otra vez, pero el medio emparedado de ensalada de pollo de la señora Howard es la cena de Shiloh y se lo doy de inmediato.

Después de eso Shiloh y yo corremos por la pradera del otro lado de la colina y después de que lo regreso, pongo agua fresca en su plato, le doy todo mi cariño y bajo a casa. A mitad del camino veo a Dara Lynn.

—¿Qué *haces* acá arriba? —le pregunto con el corazón en la garganta.

—Sólo quería ver qué hacías *tú* —replica—. Casi todos los días subes aquí.

—¿Dejaste a Becky sola mientras mamá plancha?

—Becky está bien.

Dara Lynn se da la vuelta y me sigue en mi descenso por la colina. Arriba en el corral Shiloh no hace ruido alguno. Así de listo es.

—Bueno, pues buscaba a esa serpiente de nuevo, pero se me está escondiendo —le digo.

—¿*Todavía* no la atrapas? —me pregunta, y cuando me vuelvo ella mira primero a la izquierda y luego a la derecha—. Ni siquiera trajiste tu vara para atrapar serpientes —dice.

Es muy inteligente.

—Encontré una vara allá en la colina —respondo.

—¿Cuántas serpientes crees que hay allá arriba, Marty?

—Pues... como veintinueve que puedas ver. Pero hay serpientes bebé escondidas por todas partes que crecen y se vuelven grandes.

Dara Lynn acelera el paso y trata de alcanzarme. Examina cada lugar donde asienta un pie.

No me siento bien con las mentiras que le digo a Dara Lynn, a David y a su mamá. Pero tampoco exactamente mal. Si lo que mi abuelita me dijo una vez sobre el cielo y el infierno es cierto, y los mentirosos van al infierno, entonces supongo que allá es a donde iré a parar. También me dijo que los animales no pueden entrar al cielo, sólo las personas. Y si yo fuera al cielo y mirara hacia abajo para ver a Shiloh abandonado, con la cabeza recargada en las patas delanteras, me escaparía del cielo sin pensarlo dos veces. ◆

Capítulo 8

◆ Los SIGUIENTES dos días se deslizan suaves como mantequilla. Shiloh desayuna bollos, pan tostado o un par de
bocados de jamón y, por la tarde, le preparo salchichas con
crema agria y pedacitos de queso. El queso no le gusta mucho.
Se le pega en los dientes y, en un intento de despegárselo,
cuando mastica menea la cabeza de lado a lado. Pero luego se
relame, eso sí.

La primera vez que come eso, vomita —me imagino que es
muy pesado para su estómago—, pero después logra comer y
engorda un poquito más. Cada día resulta más difícil verle las
costillas.

Sin embargo, sé que mi secreto no puede continuar para
siempre. Apenas he tenido al perro seis días cuando me entero
de que Judd Travers quiere cazar en nuestro terreno, en la
colina y en el bosque. Dice que a lo mejor ahí podrá encontrar
algunas codornices.

Papá nos cuenta esa novedad a la hora de la cena y el cuerpo se me hiela. Quiero levantarme y gritar: "¡No!", pero sólo me aferro a la silla y espero.

—Ray, no me gusta la idea en lo absoluto —dice mamá—. Tú nunca le pides cazar en su terreno y no lo quiero cazando en el nuestro. Si dejamos que lo haga, tendremos que dejar a todo el que nos lo pida, y uno de esos disparos podría terminar acá en la casa.

—Le voy a decir que no —responde papá—. A mí tampoco me agrada la idea. Le voy a decir que los niños juegan en la colina.

Suelto la silla pero el corazón aún me late con fuerza. Se me ocurre que quizá Judd Travers piensa que tengo a su perro escondido y busca una excusa para venir. Tener un secreto como Shiloh es como tener una bomba que puede estallar en cualquier momento.

Al día siguiente papá trae otras novedades: buenas para él, malas para mí.

—No lo entiendo, Lou —dice, en cuanto entra por la puerta con el costal del correo en las manos—. A la gente le ha dado por dejarme comida en los buzones. Antes sólo era la señora Ellison con su panqué de plátano, pero hoy encontré un emparedado en el buzón de Nora Klingle y medio pay en el de la familia Saunders. ¿Qué me veo muy delgado?

Mamá se ríe:

—Quizá se deba a que eres el mejor cartero que han tenido.

—Pues hoy tenemos medio pay de postre para la cena —responde papá.

"¡Vaya!", me digo a mí mismo. A lo mejor el señor Wallace

está hablando más de lo que pensé. Él no les contaría a los demás que fui a su tienda a comprar comida barata, pero quizá sí dijo que la familia Preston está en apuros y por eso toda esta comida aparece de pronto. Así funcionan las cosas por acá.

Al día siguiente mamá y papá van al pueblo con las niñas para comprarle tenis nuevos a Dara Lynn, y calcetines y ropa interior a Becky. Es la primera vez que me quedo solo en casa. Shiloh y yo somos totalmente libres. Lo bajo de la colina y lo llevo a casa, le doy las orillas de una hogaza nueva de pan, toda la salchicha que sobró del desayuno y un plato de leche. Luego dejo que lama la olla de avena.

Le enseño a Shiloh cada uno de nuestros cuatro cuartos, me subo con él al columpio que está en el pórtico, y me río cuando trata de pararse mientras se mece. Dejo que olfatee el sillón donde duermo y que se arrastre bajo los escalones del frente para oler la madriguera del topo. Se pone a perseguir un conejo y sigo a Shiloh por todas partes. Pero se da cuenta de que no tengo la menor intención de matarlo y se da por vencido.

De pronto pienso que la suerte no me va a durar mucho si no lo llevo de vuelta a su corral. Así es que al mediodía lo devuelvo y él va directo a los sacos de yute que están bajo el techito que le construí.

Justo a tiempo porque, al regresar, apenas lavo los platos y recojo un poco la casa, me asomo por la ventana y ahí vienen mamá, Becky y Dara Lynn cargadas de paquetes. Alguien las trajo en auto; allá en Friendly uno siempre puede contar con eso.

Me doy cuenta de que mi mamá está contenta de ver que lavé los platos.

—Es agradable regresar a una casa limpia, Marty —dice—. Tuve mucha suerte con mis compras. Todo estaba en barata.

Dara Lynn estrenó sus tenis de camino a casa y ya tiene una ampolla en el pie, pero no le importa. Está demasiado contenta de tener algo nuevo que ponerse.

Cuando entro a la cocina mi mamá examina su rostro en el espejo que está sobre el fregadero. Arquea las cejas, luego las relaja y las arquea de nuevo. Ve que la observo y pregunta:

—Marty, ¿tengo arrugas? Dime la verdad.

Le echo un buen vistazo.

—Yo no veo ninguna —le digo. Y de verdad que no las veo. Mi mamá tiene una cara bonita. Común pero tersa.

—Bueno, pues yo tampoco las veo, pero esta mañana dos personas me preguntaron cómo me sentía, y una me recomendó unas pastillas para la migraña. Me imagino que si esa gente piensa que sufro de migrañas es porque frunzo mucho el ceño.

Pum, pum, pum. Es el latido de mi corazón.

—La gente piensa que si tiene un remedio para algo te lo tiene que dar, quieras o no —le digo; suena tan adulto que apenas puedo reconocerme a mí mismo en esas palabras. Pero por dentro estoy tan asustado que me duele el estómago.

Mamá saca todas sus compras y las coloca sobre la mesa para quitarle las etiquetas a la ropa interior y a los calcetines de Becky.

—Encontré a la mamá de David en la tienda de descuento.

Van a tener visitas esta noche. Quería saber si puede traer a David mañana porque los demás van a Parkersburg, y le dije que sí —afirma mi mamá.

—Muy bien —respondo, pero todo el tiempo pienso en cómo mantener a David alejado de la colina. Podría llevarlo a la vieja escuela de Shiloh y caminar a orillas del río. Lo gracioso de todo esto es que cuando tienes un perro a veces sientes que no necesitas a nadie más. Antes, cuando David venía a visitarme, lo esperaba con ansias desde la ventana. Nadie te quiere tanto como tu perro. Excepto, quizá, tu mamá.

Aquella noche mamá preparó pollo frito para la cena. Hacía mucho que no cocinaba pollo. Yo aparté un ala y un muslo en un plato —"para comérmelos después", le digo a mamá— y le agrego una cucharada de calabaza, algo que le puede caer bien al estómago de Shiloh. Él come lo que sea. Ya se acabó todas las salchichas, el queso y la crema, así es que ahora tengo que estar atento a las sobras y pronto tendré que salir a recoger latas otra vez.

Después de la cena papá le cambia el aceite al coche. Becky y Dara Lynn juegan y hacen maromas en el pasto, mientras mamá termina de limpiar la cocina. En cuanto me da la espalda, tomo la comida del plato y voy a la colina a ver a Shiloh.

Me doy cuenta de que a él le gusta mucho más el pollo que el revoltijo de crema y salchichas que le tocó toda la semana. Hasta se come la calabaza y luego me lame las manos y los dedos para recoger toda la sal que se me quedó pegada al tomar el pollo.

Como esa mañana ya lo pasee por todas partes no creo que resienta mucho el que no lo saque en la tarde, así es que me dedico a recoger toda la suciedad de perro, como lo hago cada día y la arrojo por encima de la cerca. Luego me recuesto en el pasto y me cubro la cara con los brazos: nuestro juego favorito. Shiloh se vuelve loco tratando de destaparme la cara, con su nariz me golpetea los brazos y mueve la cola como a cien kilómetros por hora. Sin embargo, a diferencia de otros perros, Shiloh nunca gime. Incluso cuando vamos a la campiña a correr en el viento, empieza a ladrar y le digo: "¡*Shhh*, Shiloh!", y él se calla de inmediato.

Ojalá pudiera dejarlo hacer un poquito de ruido. Sé que no es natural hacer que un animal se quede callado. Pero está callado y *contento*, no callado y *asustado*. Eso sí lo sé.

Después de un rato me destapo la cara y dejo que me ponga las patas sobre el pecho. Le acaricio la cabeza. Tiene su sonrisa de perro contento. La brisa trae un aire suave del oeste y pienso que soy tan feliz como se puede ser en la vida.

Entonces escucho que alguien dice:

—Marty.

Alzo la vista. Es mamá. ◆

Capítulo 9

◆ No ME PUEDO mover. Parece que el cielo da vueltas sobre mí y que las ramas de los árboles se mueven en todas direcciones. Desde abajo la cara de mamá se ve distinta.

Shiloh, de inmediato, mueve la cola y va hacia ella, pero yo me siento completamente desanimado.

—¿Desde cuándo tienes a este perro acá arriba? —pregunta. En su rostro no hay ni el más mínimo asomo de una sonrisa.

Con toda lentitud me incorporo. Trago saliva.

—Desde hace como una semana —respondo.

—¿Tienes al perro de Judd acá arriba desde hace una semana y le dijiste que no sabías donde estaba?

—No le dije que no sabía. Me preguntó si lo había visto y yo le contesté que no lo había visto en nuestro jardín. Eso sí es cierto.

Mamá rodea el tronco del pino, desengancha el alambre que cierra la cerca y se mete al corral. Se acuclilla en el suelo esponjoso de agujas de pino y Shiloh le salta alrededor, le pone las patas delanteras encima y le lame la cara.

Al principio no sé cómo reacciona mamá porque se hace para atrás y se aleja de la lengua húmeda del Shiloh.

—Así que tenemos un secreto —dice por fin, y cuando la escucho decir "tenemos" me siento mucho mejor. No mucho, pero sí algo más aliviado.

—¿Cómo es que me seguiste hasta acá? —pregunto.

Ahora puedo decir con seguridad que los ojos de mamá me sonríen, aunque aún tiene los labios apretados.

—Pues lo sospechaba desde antes, pero la calabaza me convenció.

—¿La calabaza?

—Marty, nunca te he visto comer más de dos bocados de calabaza y cuando guardaste toda una cucharada para después, estuve segura de que no te la ibas a comer. Y por la forma en que te has escabullido cada noche... —Mamá se detiene, acaricia a Shiloh y se vuelve hacia mí—: Ojalá me lo hubieras dicho.

—Pensé que me obligarías a devolverlo.

—Este perro no es tuyo.

—¡Es más mío que de Judd! —le digo con vehemencia—. El sólo lo compró. Yo sí lo quiero.

—Eso no lo hace tuyo. No ante los ojos de la ley, ¿o no?

—Pues entonces, ¿qué clase de ley permite que un hombre maltrate a su perro, mamá?

Mamá lanza un suspiro y le acaricia la cabeza a Shiloh. El se arrastra para acercarse un poco más, asienta su nariz en la pierna de mi mamá y mueve la cola *tic, tac, tic, tac*. Por fin, mamá habla:

—¿Tu papá sabe que lo tienes?

Niego con la cabeza. Más silencio. Luego dice:

—En los catorce años que llevamos casados nunca le he ocultado nada a tu padre.

—¿No le vas a decir?

—Marty, tengo que hacerlo. Si se entera de que tienes este perro y de que yo lo sabía y no se lo dije, ¿cómo podrá confiar en mí? Si le oculto esto, quizá piense que también le oculto otras cosas.

—¡Él me obligará a devolverlo, mamá! —Podía escuchar cómo me temblaba la voz—: ¡Sabes que lo hará!

—¿Qué otra cosa podemos hacer?

Ahora puedo sentir las lágrimas ardientes en mis ojos y trato de que no se derramen sobre mi rostro. Miro hacia otro lado mientras desaparecen.

—Si Judd Travers viene por su perro tendrá que quitármelo a la fuerza.

—Marty...

—Mamá: sólo por una noche, prométeme que no le dirás a papá mientras se me ocurre algo.

Sé que lo está pensando.

—No vas a escapar con el perro, ¿verdad? Jamás huyas de un problema, Marty.

No respondo porque la verdad es que esa posibilidad ya cruzó mi mente.

—No puedo prometerte guardar silencio si tú no me prometes que no vas a huir.

—No lo haré —digo.

—Entonces no se lo diré esta noche.

—Tampoco vayas a decírselo en la mañana —agrego—. Dame aunque sea un día para pensar —digo, aunque no sé de qué me servirá. Ya pensé en todo lo que se me podía ocurrir, hasta que se me secó el cerebro.

Mamá acaricia a Shiloh con ambas manos y lo rasca detrás de las orejas. Él le lame los brazos.

—Se llama Shiloh —le digo complacido.

Después de un rato mamá se pone de pie.

—¿Vienes a casa?

—En un ratito —le contesto.

Es difícil decir cómo me siento cuando se va. En un sentido me siento feliz de que alguien sepa: me siento dichoso de no cargar este gran secreto yo solo en mi cabeza. Pero estoy más asutado que contento. Sólo tengo un día para pensar en qué hacer, y las respuestas se ven igual de lejanas que antes. Ya gasté todo el dinero de las latas en comprarle comida a Shiloh. Ahora mi único dinero es una moneda que me encontré en el camino. Judd no va a venderme ni el aire que Shiloh respira por el valor de la moneda.

Lo primero que se me ocurre es darle el perro a alguien sin decirle a quién pertenece y luego decirle a mi mamá que Shiloh escapó. Pero eso serían dos mentiras más que agregar al paquete. Al fin y al cabo Judd acabaría por enterarse al ver a David Howard o a Mike Wells con el perro, y entonces la guerra se desataría de verdad.

Lo único que se me ocurre es llevar a Shiloh a Friendly al día siguiente y hacer un letrero que diga: GRATIS: EL MEJOR PERRO DEL MUNDO o algo por el estilo, y colocarlo en el camino a Sistersville, con la esperanza de que a algún extraño que pase por ahí le guste Shiloh, detenga su auto y se lo lleve a casa. Y no voy a averiguar dónde vive para que cuando mi mamá me pregunte dónde esta el perro, honestamente no pueda contestarle.

Cuando regreso a casa, papá se asea en la bomba de agua e intenta quitarse, con grasa, el aceite de los brazos. Regaña a Becky y a Dara Lynn que juegan en la entrada de la casa con la puerta abierta de par en par, lo que las polillas aprovechan para meterse.

Entro a la cocina. Mamá guarda los platos. Los toma del escurridor y los apila en el trastero. Tiene la radio encendida y canturrea una canción campirana:

Eres tú a quien quiero volver,
Eres tú a quien quiero hornear pan,
Eres tú quien mi fuego enciende,
Eres tú con quien mi lecho quiero compartir.

Mamá se sonroja cuando me ve junto al refrigerador mientras ella canta.

Sé que esa noche casi no podré dormir. Me siento en el sillón dizque a ver la tele, mientras mamá asea a Becky. Luego espero a que Dara Lynn salga del baño para ducharme. No sé si usé el jabón o no. No sé si me lavé los pies. Regreso a la sala y mamá ya me tiene preparada la cama en el sofá. La casa queda en penumbras, las puertas se cierran y sólo los sonidos de la noche entran del exterior.

Sé que en el cobertizo hay un pedazo de cartón sobre el que puedo escribir. Tampoco habrá problema en llevar a Shiloh hasta Friendly. Le voy a amarrar el mecate a su collar y él me seguirá sin oponerse. No tomaremos el camino principal, en caso de que Judd pase por ahí en su camioneta. Tomaremos todas las vereditas que conozco.

Luego me voy a plantar en el camino que lleva a Sistersville con el letrero. Shiloh estará a mi lado preguntándose qué vamos a hacer después. Preguntándose qué me propongo. ¿Entregarlo al primer coche que pase? ¿Sin conocer siquiera al conductor? Puede ser que acabe entregando a Shiloh a alguien que lo trate todavía peor que Judd Travers. Justo ahora que Shiloh confía en mí, aquí estoy yo, listo para deshacerme de él. Siento como si un tanque me aplastara el pecho; apenas puedo respirar. Tengo un día para decidir qué hacer con Shiloh, y nada de lo que se me ocurre parece funcionar.

Oigo a Shiloh en su corral de la colina. "¡Ahora no, Shiloh!", murmuro. "Has sido muy bueno hasta ahora. No empieces." ¿Acaso sospechará lo que planeo hacer?

Pero escucho un aullido, después un gruñido y luego un quejido; de pronto el aire está lleno de aullidos: es el peor sonido que se puedan imaginar. El lamento de un perro herido.

Salto de la cama, me calzo los tenis y, con las agujetas volando, atravieso de la cocina hacia la puerta trasera. Una luz se enciende. Escucho la voz de papá que dice:

—Lleva una linterna.

Pero yo ya estoy afuera en el pórtico y corro hacia la colina.

Oigo pisadas detrás de mí. Papá está a punto de alcanzarme.

Oigo a Shiloh que se queja como si lo partieran a la mitad, y cada vez me falta más el aliento en el intento de llegar a tiempo.

Cuando llego al corral papá ya me alcanzó y dirige la linterna hacia donde proviene el escándalo. El haz de luz ilumina el pino, el enrejado, el techo... y entonces veo un enorme pastor alemán, como un demonio, agazapado sobre Shiloh que está tendido en el suelo. El pastor alemán escurre sangre del hocico. Papá da otro paso hacia adelante el perro salta la reja igual que como entró, escapando hacia el bosque.

Yo desato el alambre que está junto al pino. Siento que mis piernas son de hule y apenas puedo mantenerme en pie. Me arrodillo junto a Shiloh. Tiene sangre en el costado, en la oreja, y una cortada profunda en la pierna. No se mueve. No se mueve ni un milímetro.

Me inclino hacia él, pongo mi frente sobre la suya y mi mano en su cabeza. "¡Está muerto! ¡Lo sé!", grito para mis adentros. Entonces siento que su cuerpo se agita y su hocico se mueve sólo un poco, como si tratara de sacar la lengua para lamerme la mano. Y estoy arrodillado allí bajo el rayo de luz de la linterna de papá, llorando a gritos, y no me importa. ◆

Capítulo 10

◆ PAPÁ ESTÁ a mi lado y apunta la linterna hacia los ojos de Shiloh. Todavía vive.

—¿Es el perro de Judd Travers?

Me acuclillo y asiento. Me limpio el rostro con un brazo. Papá mira alrededor.

—Toma esos costales que están allá y ponlos en la parte trasera del jeep —dice y luego, todavía con la linterna en la mano, desliza sus brazos debajo de Shiloh y lo levanta. Puedo ver a Shiloh retorcerse de dolor y retraer la pata que le duele.

Mis ojos rebosan de lágrimas pero papá no puede verlas en la oscuridad. Seguramente sabe que lloro porque tengo la nariz congestionada.

—Papá, ¡por favor no se lo devuelvas a Judd! ¡Cuando Judd vea cómo está lo va a matar de un plomazo!

—Lleva esos costales al jeep —me dice papá y voy detrás de él mientras descendemos por la colina. Abro la boca para que salga mi aliento y lloro sin hacer ruido. Igual que Shiloh.

Mamá observa desde el interior de la casa. La sobrepuerta de alambre está tapizada de insectos atraídos por el foco de luz. Dara Lynn observa enfundada en su piyama.

—¿Qué es? ¿Qué trae? —le pregunta Dara Lynn a mamá, jalándola del brazo.

—Un perro —responde ella y le grita a papá—: Ray, ¿está vivo?

—Apenas —dice él.

Pongo los costales en el jeep y, con mucho cuidado, papá coloca a Shiloh sobre ellos. Sin preguntar, me subo junto a Shiloh y papá no dice nada. Entra a la casa a ponerse unos pantalones y a traer las llaves. Nos vamos.

—Lo siento, Shiloh —le murmuro una y otra vez. Coloco ambas manos sobre él para que no intente levantarse. La sangre no deja de fluir de la herida que tiene en la oreja—. ¡Lo siento tanto! ¡Dios mío, ayúdame, no sabía que el perro de los Baker pudiera saltar la cerca!

Llegamos al final del camino. En vez de ir hacia casa de Judd, papá vira a la izquierda en dirección a Friendly y, a la mitad de la primera curva, estaciona el auto en la entrada de la casa del doctor Murphy. Todavía hay luz en una ventana, pero creo que el viejo doctor ya estaba en cama porque abre la puerta en piyama.

—¿Ray Preston? —dice cuando ve a papá.

—Siento mucho molestarlo a esta hora —responde papá—, pero traigo un perro malherido y le agradecería mucho que le echara un vistazo para ver si lo puede salvar. Le pagaremos...

—No soy veterinario —dice el doctor Murphy, pero ya se

hizo a un lado y sostiene la sobrepuerta con una mano para que podamos meter a Shiloh.

El doctor es un hombre pequeño, de vientre redondo, que no parece practicar los buenos hábitos alimenticios que tanto predica, pero tiene un buen corazón y coloca unos periódicos sobre la mesa de la cocina.

Tiemblo con tal fuerza que mis manos se agitan cuando pongo una mano sobre la cabeza de Shiloh y la otra en su pata delantera.

—Les puedo decir desde ahora que tiene una hemorragia —dice el doctor. Se coloca su estetoscopio y oye el corazón de Shiloh. Después toma su linterna y la dirige hacia los ojos del perro. Abre cada uno de ellos con dos dedos. Por último revisa la herida de la pierna que le llega hasta el hueso, las mordidas alrededor del cuello y la oreja cortada de Shiloh. Desvío la mirada y lloriqueo un poco más.

—Haré lo que pueda —dice el doctor—. De lo que tendremos que preocuparnos ahora es de la infección. La herida de la pierna va a requerir de veinte o treinta puntadas. ¿Qué pasó?

Espero que papá conteste por mí, pero no lo hace, sólo se vuelve a mirarme:

—¿Marty?

Trago saliva.

—Lo atacó un pastor alemán.

El doctor Murphy se dirige al fregadero y se lava las manos.

—¿El perro de los Baker? Cada vez que se suelta hay problemas. —Vuelve a la mesa, toma una gran jeringa de su bolsa y la llena con una sustancia. Algo para dormir a Shiloh quizá—. ¿Este perro es tuyo, hijo?

Niego con la cabeza.

—¿No? —me mira y luego a mi papá. Papá sigue sin decir nada y me obliga a hablar a mí. Mientras el doctor se inclina sobre Shiloh y le inserta la aguja con lentitud en un costado yo me armo de valor:

—Es de Judd Travers —le digo y, por fin, empiezo a decir la verdad.

—¿Es de Judd Travers? ¿Es el perro que se perdió? ¿Cómo es que tú lo trajiste?

—Yo lo tenía —respondo.

El doctor Murphy inhala y luego exhala lentamente: *huh, huh, huh.*

—¡Vaya! —dice y continúa con su trabajo.

No sé cuánto tiempo permanecemos en la cocina del doctor, papá se recarga en una pared con los brazos cruzados, y yo sostengo la cabeza de Shiloh con ambas manos mientras el doctor Murphy le limpia las heridas, las cura y comienza a coser las puntadas. Una o dos veces siento como Shiloh se retuerce, pero cuando se queda demasiado quieto, no sé si lo hace porque no siente nada o porque agoniza.

—En las próximas veinticuatro horas sabremos si sobrevivirá —dice el doctor—. Vengan mañana por la tarde; para entonces ya tendremos una idea más clara de la situación. Puedo quedármelo uno o dos días, Ray. Y luego, si mejora, pueden llevarlo a casa.

Pongo mi cara junto a la de Shiloh y acerco mi boca a su oreja para murmurarle:

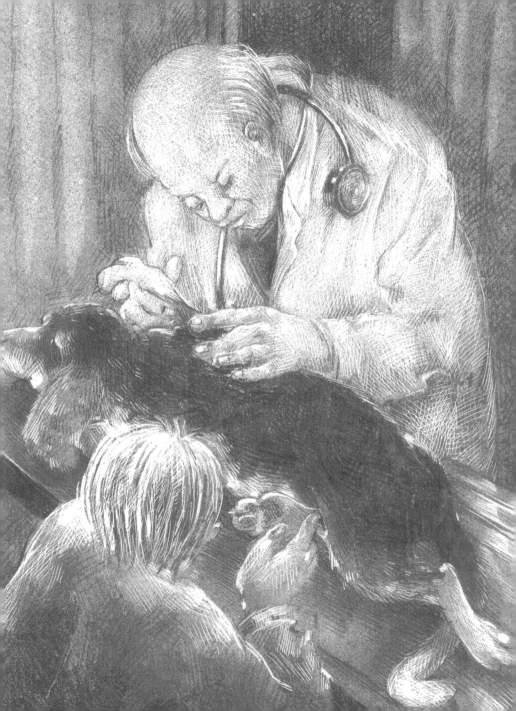

—¡No te mueras, Shiloh! ¡No te mueras!

Lo peor del mundo es dejar a Shiloh en casa del doctor Murphy, la forma en que sus ojos me siguen hasta la puerta, la manera en que intenta mover sus músculos para seguirme cuando ve que me dirijo a la puerta. La segunda peor cosa es ir en el jeep con papá.

No cruzamos ni una sola palabra hasta que llegamos a casa. Una vez que papá apaga el motor y yo estoy listo para bajarme, dice:

—Marty, ¿qué otra cosa me has ocultado?

—¿Qué?

—Tenías al perro de Judd en nuestra colina, le construiste un corral y no dijiste nada. ¿Qué más me ocultas?

—¡Nada, papá!

—¿Cómo sé que no se trata de otra mentira?

—Porque no lo es.

—Sólo porque lo digas no significa que sea verdad.

Entonces comprendo lo que quiso decirme mamá. Pero las cosas tampoco son todas buenas o todas malas, como papá lo hace parecer. Y, a veces, cuando me enojo, mi mente se aclara.

—¿Tendrías un mejor concepto de mí si hubiera soltado al perro hasta que Judd diera con él y lo matara a golpes? —le pregunto—. ¿Eso es lo que quieres que haga papá?

—Quiero que hagas lo correcto.

—¿Qué es lo correcto?

Por primera vez en mis once años de vida creo que dejé a papá perplejo. Al menos parecen transcurrir treinta o cuarenta segundos antes de que responda:

—Tienes que atenerte a la ley. Y la ley dice que un hombre que paga dinero por un perro es dueño de ese animal. Si no estás de acuerdo con la ley, trabaja para cambiarla.

—¿Pero y si no hay tiempo papá? Shiloh podría estar muerto para cuando alguien vaya a investigar cómo trata Judd a sus perros.

Papá responde con voz cortante:

—¿Crees que Judd Travers es la única persona de por aquí que maltrata a sus animales? ¿Crees que es el único que no les da de comer o los patea o les hace cosas peores? ¡Abre los ojos, Marty! ¡Abre los ojos! —Papá se vuelve a medias, tiene la espalda contra la puerta del jeep y me enfrenta—: Cuando vas en el camión de la escuela, ¿cuántas veces has visto a un perro encadenado? ¿Cuántas veces te has puesto a pensar si es feliz o no, y ves que las costillas se le salen como asas por los costados? De pronto te encuentras cara a cara con un perro que te toca el corazón y, de repente, quieres cambiar todo de tajo.

Trago saliva.

—Tiene que haber una primera vez —respondo.

Papá lanza un suspiro.

—En eso tienes razón.

Sé que me arriesgo al decir:

—Si el doctor Murphy no le dice a Judd lo de Shiloh, ¿podemos traerlo a casa y quedarnos con él? Podría hacerle un corral más resistente. Haría el alambrado tan alto como para que el pastor alemán no pueda meterse.

Papá abre la puerta de su lado.

—No —dice y baja del coche.

Yo también me bajo.

—Entonces, ¿podemos quedarnos con él sólo hasta que mejore? Ya sabes cómo trata Judd a cualquier cosa que no sirve bien. ¡Va a matar a Shiloh, papá! Una vez encontré un perro muerto cerca de la casa de Judd. Tenía un hoyo en el cráneo. Aunque sea podemos curar a Shiloh. Yo voy a pagarle al doctor Murphy. Te lo prometo. Te voy a entregar todo el dinero que gane recogiendo latas durante los próximos tres años y también voy a repartir el periódico del condado, si me dejas. ¡De verdad! ¡Te lo prometo!

Papá me analiza.

—Puedes quedarte con él hasta que mejore, pero eso es todo. Después se lo devolveremos a Judd —dice, y se mete a la casa.

Mi corazón empieza a latir de nuevo: *pum-pum, pum-pum.* Pienso que hay tiempo. Shiloh aún está con vida y yo aún no me doy doy por vencido. ◆

Capítulo 11

◆ ESA NOCHE, hasta que me acuesto en el sillón, es que me doy cuenta de lo que he hecho. Para empezar, a mamá y papá. Mi mamá aún está despierta. Puedo ver luz en su cuarto mientras papá camina por el corredor. Y después escucho sus voces. No puedo oír todo lo que dicen, pero sí suficiente:

—Ray... te digo que yo acababa de descubrir lo del perro...

—...me lo ocultaron, tú y Marty...

—...hasta mañana y te lo habría dicho entonces...

—...todos los días... el correo a Judd... me menciona al perro, y todo el tiempo... en mi propio terreno, sin que yo supiera....

Me tapo las orejas con las manos. Tantas cosas están mal que es difícil recordar qué está bien. El doctor Murphy ya sabe que tengo al perro de Judd, papá está enojado con mamá, y no sabremos si Shiloh va a sobrevivir sino hasta mañana. Lo peor de todo es que traje a Shiloh aquí para que no lo lastimaran, y probablemente lo que le hizo ese pastor alemán es mucho peor que cualquier cosa que Judd Travers pudiera haberle hecho, por no decir matarlo. Esta vez las lágrimas vuelven a mis ojos pero no las evito. Ni siquiera lo intento.

Me he de haber quedado dormido porque no escucho cuando papá se va al trabajo y, al despertar, Becky está parada junto al sillón. Come un pedazo de pan con miel y respira en mi cara. Dara Lynn ya le dijo lo del perro porque de inmediato me pregunta:

—¿Dónde está el perrito?

Me incorporo y le digo que el perro está con el doctor Murphy y que esa tarde sabremos cómo se encuentra. Luego dirijo la mirada hacia la cocina y veo a mamá. Tiene un mueca en sus labios que significa que hay problemas, que significa que no le dé lata porque ya tiene bastantes problemas con papá.

Salgo, desprendo un par de duraznos agusanados del árbol y me siento a comerlos en el pórtico. Escupo todos los pedazos que tienen gusanos.

Dara Lynn sale a sentarse junto a mí. Hoy es toda bondad.

—Si Judd Travers no cuida a su perro, Marty, con razón vino hasta acá —afirma, en un intento por decir lo correcto. Me doy cuenta de que ha considerado la situación a partir de lo que pudo escuchar de la plática entre mis papás y de lo que mamá le ha dicho.

Le doy otro mordisco a mi durazno.

—No es como si lo hubieras robado —dice—. Ese perro vino solo.

—Ya cállate, Dara Lynn —le digo sin querer. Es sólo que no tengo ganas de hablar con nadie.

—Pues me lo hubieras dicho y yo no se lo habría dicho a nadie.

—Gracias.

—Dice mamá que cuando esté mejor tenemos que devolvérselo a Judd Travers.

Me incorporo para ir a la colina a limpiar el sitio donde el perro atacó a Shiloh. Quiero ver si hay manera de techar el corral con alambre para que el pastor alemán no se vuelva a meter.

—¿Cómo se llama? —pregunta Dara Lynn a mis espaldas.

—Shiloh —respondo.

A medio camino hacia la colina, escucho el ruido de un auto y me vuelvo a mirar. Es el de la señora Howard, y David está dentro. En cuanto me ve, sale de un brinco y corre hacia mí.

—¡Hoy me toca quedarme contigo! —dice, y ondea el papalote que trae consigo—. Todos van a Parkersburg pero yo no quise ir.

Volteo hacia donde platican mamá y la señora Howard, y veo que mamá afirma con un movimiento de la cabeza. A veces me siento solo en mi casa pero hoy quisiera estar con esa soledad. No quiero hablar con Dara Lynn, Becky, papá o ni siquiera con mamá. Si tuviéramos teléfono llamaría al doctor Murphy cada hora. Pero como están las cosas tengo que esperar a que papá regrese del trabajo para tener noticias de Shiloh. No puedo darle lata al doctor en su casa porque tiene pacientes.

—¿Qué quieres hacer? —le pregunto a David en un intento por mostrar un poco de entusiasmo. David y yo estamos en el mismo año, aunque él es más alto y pesa más que yo. Se ve como de secundaria.

—Volar el papalote en tu pradera —dice.

Lo llevo por el camino largo, lejos del corral de Shiloh, y ni siquiera se da cuenta porque está desenvolviendo su papalote, hecho de seda o algo por el estilo. Uno de sus parientes se lo trajo de regalo.

Vamos a la pradera con el papalote y observo su cola azul, amarilla y verde ondear en la brisa. Eso me recuerda la cola de Shiloh y la manera en que la mueve cuando está contento. Si tienes a un perro en la mente parece que llena todo tu espacio. Todo lo que haces te lo recuerda.

Más tarde bajamos el papalote; David ve una marmota antes de que yo haga algo, va a perseguirla: la marmota zigzaguea y David grita como loco.

—Voy a llevar tu papalote a casa —le grito, porque veo que se acerca al corral de Shiloh.

David no deja de correr y de gritar.

—Voy por un puñado de galletas de soda. ¿Quieres un emparedado de galletas con mantequilla de maní? —le grito, con la esperanza de que me siga.

Y de pronto deja de gritar.

—¡Ey!

Sé que ha encontrado el corral y me dirijo hacia él.

—¿Qué es esto? —pregunta. Ve la sangre en el piso—. ¡Ey! ¿Qué pasó aquí?

Me acerco a él, lo tomo del brazo y lo obligo a sentarse. David me mira con ojos desorbitados.

—Escúchame bien, David Howard —le digo.

Cada vez que lo llamo "David Howard" sabe que se trata de algo serio. Sólo lo he hecho dos veces en mi vida: una vez que se sentó encima del florero que yo le había hecho a mi mamá en la escuela, y otra cuando me vio con los pantalones bajados en el baño. Eso me enfureció.

Pero hoy no me siento exaltado sino serio:

—Algo espantoso y terrible ha sucedido aquí, David, y si se lo dices a alguien, aunque sea a tu mamá o a tu papá, que Dios te deje ciego.

Ésa es la clase de cosas que no soporta la gente de por acá. Eso me lo enseñó mi abuelita. Mi mamá dice que Dios no deja ciego a nadie, pero mi abuelita siempre solía amenazarnos con eso, y ella asistía a la iglesia de los domingos por la mañana y también por la tarde.

Parecía que los ojos de David se iban a desorbitar.

—¿Qué? —pregunta de nuevo.

—¿Conoces a Judd Travers?

—¿Lo asesinaron?

—No. Pero ya sabes cómo maltrata a sus perros.

—¿Mató a uno de sus perros aquí?

—No. Déjame hablar, David. ¿Sabes que se le perdió un perro?

—Sí, ¿y qué?

—Pues vino hasta aquí él solo y dejé que se quedara. Le construí este corral, lo guardé en secreto y le puse Shiloh.

David me mira fijamente, luego voltea a ver la sangre en el corral, y me mira otra vez.

—Anoche —continúo— el pastor alemán de los Baker saltó la reja de alambre y lo atacó. Llevamos a Shiloh con el doctor Murphy. Judd no lo sabe.

David se queda con la boca abierta.

—¡Guau! —dice, y luego lo vuelve a repetir.

Le cuento a David lo herido que está Shiloh y que tenemos que esperar hasta la noche para saber cómo está. Luego vamos juntos al corral y David me ayuda a limpiar la sangre: arrancamos el pasto manchado y lo echamos sobre la cerca hacia el bosque.

De alguna manera hacer esto resulta más fácil porque David me ayuda, ya que está al tanto de mi secreto. Si estuviera aquí solo no podría dejar de pensar en cómo esto nunca habría sucedido si Shiloh hubiera podido escapar del pastor alemán. Veo a David y pienso que somos amigos de por vida. Luego pienso en que ahora hay exactamente siete personas que saben que yo tengo al perro de Judd Travers, y sólo es cuestión de tiempo antes de que alguien hable de más. Seguramente será Becky. Lo va a decir a voz en cuello a la primera persona que aparezca en el camino. ¿Se han dado cuenta de que los niños chiquitos entre más quieren guardar un secreto más pronto lo cuentan? No hay nada que puedan hacer al respecto. Un secreto es algo demasiado grande para un niñito.

Lo que no esperaba fue que a las tres y media, antes de que papá volviera a casa, el carro del doctor Murphy llegara resoplando por el sendero. Shiloh venía en el asiento de atrás. Estoy con David junto al roble. Nos turnamos para usar el columpio. Advierto la presencia del coche y veo la cabeza de

Shiloh que sobresale en la parte trasera. Me lleva menos de tres segundos llegar hasta él.

—¡Shiloh!

Ningún grito jamás denotó tanta felicidad como el que salió de mi garganta en ese instante.

Todos rodeamos el coche: mamá, Dara Lynn, Becky y David Howard.

Todos decimos: "¡Shiloh! ¡Ven muchacho!", extendiéndole nuestras manos; Shiloh intenta lamer a todo el mundo.

—El paciente se recuperó más pronto de lo esperado —dice el doctor mientras trata de sacar su gran vientre de detrás del volante para ponerse de pie—. Así que pensé que yo mismo lo traería hasta acá. —Y después, el doctor le dice a mi mamá—: Todo el día tuve pacientes que entraron y salieron de mi casa, y no estaba seguro de si quería que vieran al perro o no.

Ella asintió.

—Yo le pagaré doctor Murphy —le digo—. Envíele la cuenta a papá y él le pagará, pero después yo le voy a pagar a él.

—Bueno ése es un acto muy generoso, muchacho, en especial con un perro que ni siquiera es tuyo.

—¿Ya está bien?

—No. Aún le falta mucho. Creo que tardará como dos semanas en sanar, y no puedo garantizar que no quede cojo de una pata. Pero ya le di unas puntadas y le di antibióticos. Si pueden mantenerlo quieto y evitar que use esa pata durante unos días, creo que estará bien.

Si antes mi mamá estaba enojada conmigo ahora ya no lo

está, gracias a que Shiloh le lame ambos brazos y la cara cada vez que se le acerca. Becky tiene la mano extendida para que Shiloh se la lama, y cuando lo hace, ella lanza un grito y la quita. Shiloh mueve la cola como loco.

Es como una fiesta de bienvenida. Mamá hace que le traiga la caja de cartón del cobertizo y cubrimos el fondo con un viejo cojín. Luego le ponemos una sábana limpia y el doctor Murphy pone a Shiloh dentro.

Shiloh parece saber que no puede caminar muy bien porque en cuanto trata de ponerse de pie vuelve a sentarse y se lame la pata trasera.

Estoy feliz de que Shiloh haya vuelto, estoy feliz de que se vaya a poner bien, y estoy feliz de que podamos quedarnos con él hasta que se alivie. Pero entre más me siento allí acariciándole la cabeza y sintiendo lo feliz que está, más sé que no puedo abandonarlo. No lo haré. ◆

Capítulo 12

◆ ME PARECE muy extraño que Shiloh esté en casa esta noche, sobre todo después de haberlo mantenido en secreto. También me parece poco común la manera en que lo trata mi mamá. Al parecer cada vez que pasa junto a la caja de Shiloh, al lado de la estufa, no puede evitar acariciarlo y hacerle ruiditos cariñosos como les hace a Becky y a Dara Lynn cuando están enfermas.

Mi papá casi no dice nada. Llega a casa y encuentra a Shiloh aquí. Se hace a un lado y escucha lo que el doctor Murphy tiene que decir. Papá no se acerca lo suficiente como para que Shiloh lama su mano.

Terminamos de cenar. Voy al baño a cepillarme los dientes, me asomo por la puerta y veo a papá inclinado sobre la caja de Shiloh. Deja que el perro lama su plato. Papá se queda allí un momento. Una y otra vez y le acaricia el lomo.

Yo tengo la esperanza secreta de que para cuando Shiloh se alivie, todos lo queramos tanto que no podamos deshacernos de él, ni siquiera papá. Tengo la esperanza de que papá vaya a ver a Judd Travers y le ofrezca dinero por Shiloh para que sea nuestro. El problema de estas expectativas es que no tenemos dinero.

Es probable que termine la secundaria antes de que acabe de pagarle al doctor Murphy. Para comprar a Shiloh, incluso si Judd estuviera dispuesto a venderlo, también tendría que juntar latas de aluminio durante toda la secundaria. Con lo de las latas no se gana mucho dinero. Trato de pensar qué otro trabajo puedo hacer para ganar más. Sólo se me ocurre repartir el periódico vespertino del condado los viernes por la tarde. Y ya hay alguien que tiene ese empleo.

Es como si Shiloh estuviera y no a la vez. Durante los siguientes dos días todo el mundo lo acaricia. Becky le da las orillas de su pan tostado: desprende pedacitos y lanza un grito cada vez que siente el hocico húmedo de Shiloh sorber el pan de sus dedos.

Mamá guarda frijoles en unos frascos y no deja de canturrearle a Shiloh como si fuera un bebé en una cuna, no un perro en una caja. Dara Lynn fue por un cepillo viejo y no deja de peinar a Shiloh. Una tarde hasta papá se sienta y le quita todas y cada una de las garrapatas que tiene. Papá toma un poquito de turpentina, la frota en el extremo de la garrapata, y ésta abandona la piel de Shiloh a toda velocidad.

Lo que hace que parezca que Shiloh *no* está aquí es que nadie, excepto Dara Lynn, Becky y yo, habla de él. Mamá y papá no mencionan su nombre ni una sola vez, como si al pronunciarlo se volviera nuestro, y no lo es. Como si al no

hablar de él fuera a desaparecer tan repentinamente como apareció aquel día bajo la lluvia.

Supongo que todos esperan que suceda algo. Cada día Shiloh se recupera un poquito más. Dos días después de que lo trajo el doctor ya cojea con su pata mala. Mamá coloca unos periódicos junto a su caja para que haga sus necesidades, pero Shiloh se niega, así es que durante los primeros dos días lo cargo, lo saco al jardín y después lo vuelvo a meter a la casa. Pero ahora ya abre solo la puerta de alambre para ir al jardín y, de regreso, rasca la pantalla de alambre para que lo dejen entrar. En algún momento alguien lo va a ver. A veces Becky dice algo. Hasta David Howard, cuando su mamá vino a recogerlo el otro día, abrió la boca para decir algo sobre Shiloh.

—¿Quién es Shiloh? —preguntó su mamá y David se dio cuenta de que había cometido una indiscreción.

—Un viejo gato callejero —dijo, ya también logré que David mintiera.

Lo peor de tener a Shiloh aquí en casa, donde puedo jugar con él cuando yo quiera, es que me resulta difícil dejarlo para salir a recoger latas. Pero ahora más que nunca tengo que ganar dinero, así es que todos los días, cuando Shiloh toma una siesta prolongada, salgo con mi bolsa de plástico en una mano y la otra mano guardada en el bolsillo del pantalón.

Un día, recorro el camino hasta Friendly y pregunto en la tienda de abarrotes, donde dejan el periódico del condado, si me pueden apuntar en la lista de repartidores. El señor Wallace me dice que anotará mi nombre, pero me advierte que hay seis candidatos antes que yo, y uno de ellos es un hombre adulto que tiene coche. No veo cómo puedo superar eso.

Estudio el pizarrón en la parte trasera de la tienda, donde las personas ponen sus anuncios. Me paro sobre un pie y luego sobre el otro para leer todo el maldito pizarrón. Parece que todo mundo tiene algo que vender o quiere que lo contraten, pero nadie quiere comprar. Sólo se ofrecen dos empleos: uno para vender artículos electrodomésticos y otro de una mujer que solicita que alguien pinte su casa.

El señor Wallace ve que analizo el pizarrón, se acerca a mí y quita el anuncio de la mujer que quiere que pinten su casa.

—El empleo ya está tomado —me dice.

Esa noche, mientras terminamos de cenar, Shiloh rodea la mesa. Coloca su nariz sobre el regazo de todos y con su mirada lastimera espera que alguien le dé algo de comer. Sé que mamá y papá hacen su mejor esfuerzo para no reírse. Mamá no deja que le demos de comer a Shiloh en la mesa.

Lo que me muero por preguntarle a papá es si le dijo a Judd Travers que tenemos su perro en la casa. Papá no dice nada así es que no pregunto. "Quizá no quiero saber", me digo a mí mismo.

Y entonces, cuando mamá está por servir el postre de durazno que comemos con leche caliente, oigo un ruido afuera que hace que mis huesos se sientan como témpanos de hielo.

Shiloh también lo oye, y yo sé de inmediato que se trata de lo que pensé, porque Shiloh mete la cola entre las patas y se arrastra hasta su caja.

Mamá y papá miran a Shiloh y luego entre sí. Enseguida se

oye el portazo de una camioneta afuera, pasos en el camino, luego en el pórtico y un *rap rap rap* en la puerta trasera. Todos dejamos de comer, como si nos hubiéramos quedado congelados en nuestra sillas.

Papá se pone de pie, enciende la luz del pórtico, y ahí está: Judd Travers con una expresión de disgusto como pocas veces le he visto. Ni siquiera pide permiso para pasar; sólo abre la puerta y entra.

—Ray Preston —dice—. Alguien me avisó que tienes a mi perro.

Papá se ve muy serio. Asienta y señala hacia la caja que está junto a la estufa.

—Allá, Judd. Pero está herido y te lo hemos estado cuidando.

Judd le lanza una mirada a Shiloh y después a papá:

—Con un demonio —dice casi con suavidad—. ¿Alguien sabe que mi perro se perdió, lo lleva a su casa y ni siquiera tiene la decencia de avisarme?

—Íbamos a hacerlo —responde papá y lo mira directo a los ojos—. Pero a nadie le gusta enterarse de que su perro está herido y queríamos cerciorarnos de que iba a mejorarse.

Después papá se vuelve hacia mí:

—Marty, ¿quieres explicarle al señor Travers cómo es que su perro llegó hasta aquí?

Papá sabe que no quiero hacerlo. Sabe que preferiría nadar en un río lleno de cocodrilos antes que enfrentarme a Judd Travers. Pero es una historia que me toca contar a mí, no a papá, y él siempre ha hecho que nos enfrentemos a lo que nos toca hacer.

—Su perro vino aquí dos veces porque usted lo ha estado maltratando —le digo con una voz que no suena tan firme como la de mi papá. Está un poco temblorosa. Me aclaro la garganta y continúo—: Así es que la segunda vez que vino le construí un corral en el bosque sin que mi papá supiera, y el pastor alemán de los Baker se metió y atacó a Shiloh.

—¿Atacó a quién?

—Al sabueso. Shiloh. Así es como lo hemos llamado. Y Shiloh salió malherido. Fue mi culpa por no haber hecho la cerca más alta. Lo llevamos al doctor Murphy y él lo curó.

Judd Travers sigue mirando a su alrededor como si jamás nos hubiera visto en su vida. Por fin suelta el aliento a través de sus dientes y menea la cabeza lentamente:

—¿Y tuve que enterarme de todo esto por el doctor Murphy?

No podía creer que el doctor se lo hubiera dicho.

—Alguien fue al doctor el otro día y vio a un sabueso recostado en la parte de atrás. Luego él me lo cuenta. Dice que cree que podría ser mi perro. Así es que esta tarde voy a casa del doctor y me dice que fueron ustedes quienes llevaron al perro allá.

Judd atraviesa el cuarto y, ante el sonido sordo que produce cada una de sus pisadas, Shiloh se encoge más y más dentro de su caja como si quisiera desaparecer. Tiembla de la nariz a la punta de la cola. Mi mamá lo ve, yo sé que lo ve porque durante un minuto ve a Shiloh fijamente y de inmediato desvía la mirada.

Judd sólo baja los ojos para ver a Shiloh que tiene un vendaje en donde le rasuraron el pelo y lo cosieron: su oreja.

—¡Mira lo que le hiciste a mi perro! —me grita; tiene los ojos desorbitados y llenos de furia. Yo trago saliva. No puedo articular palabra.

Travers se acuclilla junto a la caja. Extiende su gran mano y Shiloh se encoge, como si anticipara un golpe. Si eso no prueba la manera en que Judd lo trata no sé qué lo hara, pero Judd dice:

—Nunca he maltratado a mis perros. Era tímido cuando lo compré, es todo. Jamás le provoqué una herida como ésta. Y esto no habría sucedido si me lo hubieras devuelto como te dije.

Cierro los ojos.

Los abro de nuevo: Judd apoya su mano pesadamente sobre la cabeza de Shiloh, como si lo acariciara, y de inmediato se nota que no tiene mucha experiencia. Pero aún es difícil probar que maltrataron a Shiloh antes de que Judd lo comprara. ¿Cómo puede probarse algo así?

—Estuvo mal que Marty encerrara a tu perro, Judd, y ya hablamos al respecto —dice papá—. Él va a pagarle al doctor y, en cuanto el perro recupere fuerzas, te lo llevaremos a casa. ¿Por qué no dejas que se quede aquí hasta entonces, sólo en caso de que necesite más cuidados?

Judd se incorpora y me mira. Yo le devuelvo la mirada pero no digo nada.

Y luego mamá ya no aguanta y dice:

—Judd, Marty se ha encariñado muchísimo con el perro y me gustaría saber cuánto pides por él. Quizá podamos reunir el dinero para comprarlo.

Judd la mira como si hubiera dicho algo descabellado, como si a cada minuto enloqueciéramos más y más.

—Ese perro no está a la venta —dice—. Pagué buen dinero por un perro de caza y podría ser el mejor que he tenido. Si quieren quedárselo para cuidarlo y alimentarlo hasta que mejore, está bien. Ustedes hicieron que se lastimara, así que deberán pagar la cuenta del doctor. Pero lo quiero de vuelta el domingo.

La sobrepuerta de alambre vuelve a azotarse, la camioneta se enciende y él desaparece. ◆

Capítulo 13

◆ DE NUEVO no puedo dormir. No se me ocurre nada nuevo. Hasta pensé en ir con mi papá a la corte de Middlebourne para reportar a un hombre que maltrata a sus animales. Quizá de esta forma no permitirían que Shiloh volviera a casa de Judd. Papá dice que es ahí adonde tendríamos que ir, pero que no tengo manera de comprobar que Judd es así. "Piensa en eso", me dijo.

Lo he pensado. ¿En verdad creo que mandarían a un inspector desde Middlebourne para verificar la historia de que un hombre patea a sus perros? E incluso si lo hicieran, ¿acaso creo que Judd le dirá al hombre que sí, que en efecto maltrata a los animales? ¿Creo que el inspector se va a ocultar tras los arbustos cerca de la casa de Judd durante una semana sólo para comprobarlo por sí mismo?

Dice mi papá que si en el condado de Tyler apenas hay recursos para investigar los reportes de niños maltratados, mucho menos los va a haber para investigar casos de perros. Incluso si le dijera a los de la sociedad protectora de animales que encontré a un perro con una bala en la cabeza cerca de la casa de Judd, eso no prueba que él lo haya hecho.

Salgo para discutir esto con papá un poco más mientras él corta leña, y lo único que me dice es:

—Hijo, es duro, lo sé, pero a veces uno tiene que hacer lo que tiene que hacer. El perro es de Judd y no hay remedio.

Mamá trata de hacerme sentir mejor. Dice que al menos le di un poco de alegría y generosidad a la vida de un perro que nunca las había tenido, y que Shiloh nunca me olvidará. Pero eso lo hace aún peor. Ojalá pudiera olvidarme. Cuando pienso en la mirada de Shiloh al llevarlo a casa de Judd mis ojos vuelven a llenarse de lágrimas. Becky también ha llorado, y Dara Lynn. Lo único bueno es que ahora toda la familia ama a Shiloh y ya podemos mencionar su nombre en voz alta, pero en tres días tenemos que devolverlo y no hay nada que podamos hacer.

El viernes camino rumbo a Friendly para hablar con David Howard. David se siente casi tan mal como yo. Todavía no acabo de contarle de Shiloh y ya tiene los ojos llenos de lágrimas. David Howard pesa quince kilos más que yo, es más alto y no le importa que lo vean llorar.

—He estado pensando, David. Tienes parientes en Ohio, ¿verdad?

Asiente.

—¿Crees que alguno de ellos aceptaría a Shiloh? ¿Podrías llamarlos para preguntarles si pueden venir en coche mañana y llevarse a Shiloh? Así le puedo decir a Judd que un día lo dejé salir y nunca volvió.

Más mentiras.

Pero David niega con la cabeza.

—Sólo son el tío Clyde y la tía Pat, y ella es alérgica a los perros. Una vez tuvieron uno y lo regalaron.

De vuelta a casa me pongo a pensar en un buen escondite para ocultar al perro. Quizá el viejo molino de harina que está en el puente. Las puertas tienen candado pero no es difícil entrar porque el viento se llevó partes del techo. Apuesto a que podría esconder a Shiloh ahí durante diez años sin que hiciera un solo ruido. Pero, ¿qué clase de vida es ésa? Sólo podría sacarlo de noche. Además, el molino está tan cerca de casa de Judd que los otros perros podrían olfatearlo.

Las horas y los minutos del viernes transcurren con lentitud y entonces ya es sábado: nuestro último día con Shiloh. Le damos todas las golosinas que se nos ocurren, y me pregunto si no vamos a hacer que se enferme. Después de cenar salimos al pórtico, como siempre. Becky y Dara Lynn juegan en el pasto, y Shiloh cojea hacia ellas para sumarse a la diversión. Le muestro a Becky cómo, si se acuesta sobre su espalda y se cubre la cara con los brazos, Shiloh trata de hacer que se levante. Mis dos hermanas lo intentan y Shiloh hace exactamente lo que dije que haría: hace su mejor esfuerzo por lograr que las niñas se pongan de pie.

—Si alguna vez Becky cayera al arroyo estoy seguro que Shiloh la sacaría —dice mamá.

—Si alguna vez me encontrara una serpiente, apuesto a que Shiloh la mataría —dice Dara Lynn.

La tristeza dentro de mí crece tanto que creo que voy a

estallar. Esa noche duermo un poco, me levanto, vuelvo a dormir un poco, me levanto otra vez. Al amanecer ya sé lo que tengo qué hacer.

Me levanto sin hacer ruido. Desde luego, en cuanto Shiloh me oye se para de su caja.

—*Shhh*, Shiloh —le digo con el dedo sobre la boca. Me observa durante un minuto y regresa a su caja, obediente como siempre.

Me visto, me amarro los tenis, tomo una rebanada de pan de la hogaza que está en la cocina y un durazno del árbol. Luego me voy por el atajo del bosque que lleva a casa de Judd Travers.

Es lo único que me queda por hacer. Ya había hablado con papá, mamá, David, y a nadie se le ocurrió nada que no se me hubiera ocurrido ya a mí. Lo que me propongo es hablar honestamente con Judd Travers y decirle que no le voy a devolver a Shiloh.

He ensayado mis palabras tantas veces que puedo repetirlas de memoria. Lo que no sé es qué va a decir él, qué va a hacer. Le voy a decir que puede golpearme, patearme, abofetearme, pero que no le voy a dar el perro. Se lo voy a comprar, pero si no lo quiere vender y viene a recogerlo, voy a tomar a Shiloh y voy a salir corriendo en dirección opuesta. La única manera en que me puede quitar al perro es en la Corte, y entonces le diré al juez la forma en que trata a sus animales.

Cuando voy a medio camino se me ocurre que lo que estoy a punto de hacer puede causarle muchos problemas a papá. Por aquí, cuando uno pelea con su vecino y tiene que arreglar sus diferencias frente a la ley, es cosa seria. A la gente no le

cae muy bien Judd, y la mayoría quiere a mi papá, pero si se trata de quitarle su propiedad a un hombre, supongo que se pondrán del lado de Judd. No estoy facilitando en nada la vida a mis papás, ni a Dara Lynn, ni a Becky, pero sencillamente no puedo entregar a Shiloh sin pelear por él.

¿Me disparará? Esto también se me ocurre. En el condado de Mingo le dispararon a un niño. Nada más fácil para Judd Travers que darme un tiro en la cabeza y decir que no me vio. Pero mis pies apuntan hacia la casa de Judd y no hay nada que me haga retroceder.

Es tan temprano que la neblina se eleva del suelo y, cuando llego a una extensión de campo, parece que el pasto humea. El cielo está claro pero todavía no sale el sol. Si uno vive en un lugar montañoso el sol tarda en salir. Primero tiene que escalar las montañas.

Practico a quedarme callado. Lo que espero es llegar a casa de Judd antes de que se levante, para tomarlo por sorpresa. Si me ve venir hacia su casa a lo lejos, sin Shiloh es muy probable que se imagine lo que le voy a decir y prepare su respuesta. En el instante en que se pare de la cama yo ya quiero estar sentado en el pórtico, esperándolo.

Un conejo salta frente a mí y desaparece. Una vez fui a cazar con papá y me dijo que si uno asusta a un conejo, primero salta una distancia corta, luego se detiene y mira hacia atrás. Según papá, justo entonces uno debe congelarse y no mover más que los ojos. Hay que buscar el punto negro brillante: el ojo del conejo. Si uno se pone a buscar al conejo entero casi nunca lo encuentra porque se confunde con el paisaje.

Así es que no muevo ni un solo músculo y busco el punto negro brillante. Y allí está. Me pregunto en qué pensará el conejo o si su corazón late con fuerza. No hay modo de que le diga que no voy a hacerle daño. Así es que reanudo mi caminata hacia el segundo trecho de bosque que lleva al segundo campo.

A punto de salir de la arboleda, me detengo en seco porque hay un venado justo frente a mí. Es una hembra joven. Mastica algo, se detiene, alza la mirada y sigue comiendo.

No puedo entender cómo alguien querría dispararle a un animal como éste. Entonces recuerdo cómo un par de inviernos atrás casi no comimos carne y entonces supongo que puedo entender que un hombre con tres hijos como mi padre tuviera que matar a un venado. Espero nunca tener que hacerlo. Estoy a punto de salir a la pradera cuando, de pronto, *¡pum!*

Es el sonido de un rifle. Parte el aire y el eco retumba en las colinas.

La venada corre hacia la pradera en dirección al bosque. Sus patas delanteras se elevan, luego salta con las traseras, y su cola se ve como un destello blanco.

¡Pum!

El rifle suena de nuevo y esta vez la venada cae.

Me quedo paralizado. Parte de mí quiere ir hacia la venada, la otra parte sabe que ahí hay alguien con un arma que mata venados fuera de temporada. Y antes de que decida si sigo o me regreso, del otro lado del bosque sale Judd Travers con un rifle en la mano. ◆

Capítulo 14

◆ JUDD TIENE puesta su camisola de camuflaje del ejército, una gorra café, y la sonrisa más extraña de que es capaz un ser humano.

"¡Ehhhhh!" exclama, mientras sostiene el rifle con una mano y surca la hierba con la otra. "¡La atrapé! ¡Ehhhh!"

Sé que no salió a cazar conejos y resulta que se topó con un venado porque no trae a sus perros. Judd Travers salió esa mañana con la clara intención de cazar un venado. Sé también que si el alguacil se entera, Judd estará en aprietos porque el venado que cazó fuera de temporada ni siquiera era macho.

Judd camina pesadamente, a través de la hierba que le llega a la cintura, hasta donde yace la venada. Al inclinarse la mira, la rodea y susurra: "¡Ehhh!"

Entonces salgo del bosque. En ese momento Judd me da la espalda, tiene ambas manos en las patas delanteras del animal para ver si lo puede arrastrar él solo. Lo arrastra un poco y luego lo suelta. Estoy justo a su lado.

Se da la media vuelta:

—¿De dónde saliste?

—Me dirigía a verlo —le contesto y, por primera vez, al estar de pie junto a Judd Travers, me siento más alto de lo que soy en realidad.

Me mira durante un momento como si no pudiera decidir si le alegra verme o no. Luego me imagino que como sólo soy un niño no le importa mucho.

—¡Mira! —me dice—. La encontré comiendo en mi jardín esta mañana y vine a perseguirla hasta acá.

—Eso no es cierto —le digo—. Yo estaba en el bosque viéndola comer. Vino del otro lado de la colina. Usted salió a cazar venados.

—¡Y qué importa si así es!...

—No es temporada de cazar venados, eso es lo que importa —respondo—. Hay una multa de doscientos dólares por matar a una venada.

Judd Travers me mira como si estuviera a punto de romperme la boca a bofetadas. Aquí no educan a los niños para que les respondan a los adultos. De hecho, los niños casi no hablamos. Aprendemos a escuchar, a cerrar la boca, a dejar que los adultos hablen. Y aquí estoy, a las cinco y media de la mañana respondiéndole a un hombre armado con un rifle. ¿Estaré loco o qué?

—A menos que se entere el guardabosques no hay ninguna multa —me dice—. ¿Y quién le va a avisar? ¿Tú?

De pronto me doy cuenta de que tengo a Judd Travers justo donde quería. Una manera de verlo es que es mi responsabilidad reportar la matanza de una venada. Según el criterio de la gente de por acá, eso es hacer trampa. Y si *pudiera* reportarlo pero decido no hacerlo, es otra cosa: chantaje. Pero, como dije, haría cualquier cosa por salvar a Shiloh.

—Sí —le digo, con el corazón desbocado—. Yo se lo voy a decir. Hay un número gratuito para llamar por teléfono.

Y en verdad lo hay. Está en el reglamento de caza que tiene mi papá. Vaya, ¡cómo iba a imaginarme todo esto cuando salí esta mañana!

Ahora Judd no me quita la vista de encima, y tiene los ojos tan entrecerrados que apenas parecen un par de pequeñas ranuras.

—¿Te mandó tu papá?

—No. Éste es asunto mío.

—Vaya, vaya. ¡Si serás algo especial! Y, ¿quién va a creerte?

—Voy a traer al guardabosques. Le voy a enseñar el sitio donde le disparó a la venada y la sangre. Cuando encuentre al animal en su casa me creerá —las palabras salen de mi boca casi más aprisa de lo que puedo pensarlas.

—Le diré que estaba comiendo en mi jardín.

—Y yo le voy a decir otra cosa. El nuevo guardabosques no va a permitir esto incluso si la venada comía en su jardín. Está prohibido matar venados fuera de temporada. Está prohibido, sobre todo, matar a una hembra.

Ahora Judd está en verdad enojado y sus palabras llegan hasta mí como abejas.

—¿Qué intentas hacer, muchacho? ¿Crear problemas? ¿No crees que puedo ponerte en tu lugar de inmediato?

—¿Qué va a hacer? ¿Matarme?

Travers se queda boquiabierto. Pero ahora es mi turno. Nada me detiene. Me siento más valiente que jamás en mi vida.

—¿Me matará como al perro que encontré aquí hace seis meses con un agujero en el cráneo?

Travers me mira fijamente.

—Sé de quién era esa bala, Judd. Se lo dije a papá, y si alguien me encuentra aquí con una bala en el cuerpo, él sabrá de dónde proviene.

Apenas puedo dar crédito a las palabras que salen de mi boca. Casi toda mi vida le he tenido miedo a Judd Travers y aquí estoy, un niño de la mitad de su estatura, hablando como un hombre adulto. Es porque sé que Shiloh todavía tiene una oportunidad.

—Así que, ¿qué esperas? —responde Judd por fin—. Ve a traer al guardabosques.

Ve que no me muevo y agrega:

—¡No me vengas con eso, Marty! Anda. Tómala de una de sus patas, yo tomaré la otra. La arrastraremos hasta mi casa y te daré la mitad de la carne. Y no me digas que a tu mamá no le va a dar gusto.

—No quiero la carne. Quiero a Shiloh.

Ahora Judd está en verdad sorprendido y silba entre dientes.

—Vaya. Viniste a tenderme una trampa, ¿verdad?

—No tenía ni la menor idea de que había salido con su rifle —le contesto y es una de las primeras verdades que digo desde hace dos semanas—. Vine porque es domingo, el día que teníamos que devolverle al perro, y quería que supiera que tendría que pelear conmigo para recobrarlo. Quiero que sepa que me voy a quedar con el perro, y usted quiere quedarse con el venado sin pagar una multa. Acepte el trueque.

—¡Vaya! —dice Travers—. ¡Ése no es ningún trueque! Si no hubiera cazado al venado esta mañana, ¿con qué habrías negociado entonces?

No tengo respuesta porque no había pensado mucho en el asunto. Judd ya había dicho que no estaba dispuesto a vender a Shiloh.

Judd entrecierra los ojos todavía más hasta que casi parece estar dormido.

—Apuesto a que sí le avisarías al guardabosques.

—Juro que sí.

—¿Y tú dices que si dejo que te quedes con mi sabueso no le vas a decir a nadie lo del venado?

Comienzo a darme cuenta de que soy igual que Judd Travers: estoy dispuesto a fingir que no vi nada para obtener lo que quiero. Pero lo que quiero es a Shiloh.

—Sí, así es —le digo y no me siento muy orgulloso de hacerlo.

—Pues tienes que hacer más que eso muchacho, porque pagué treinta y cinco dólares por ese perro y quiero cuarenta por dejarlo ir.

Por primera vez veo un rayo de esperanza de que quizá me deje comprarle a Shiloh.

—De alguna manera conseguiré el dinero, poco a poco —le prometo.

—No quiero el dinero poco a poco. Lo quiero ahora. Y si no tienes el dinero, trabaja para mí y págame.

Cuando haces un trato con Judd Travers y sólo tienes ónce años de edad, aceptas. Todo lo que me viene a la mente es la palabra "perro".

—Trato hecho —le digo a Judd. Mis pies quieren bailar y mi cara quiere sonreír, pero no quiero mostrarle a Judd mi felicidad.

—Escúchame —dice Judd—. Te pagaré dos dólares la hora. Ésas son veinte horas para ganar cuarenta dólares. Y el trabajo no es fácil.

—Lo haré.

—A partir de este momento —dice Judd y me doy cuenta de que se siente nervioso ante la posibilidad de que alguien pase por ahí atraído por los disparos y vea a la venada—. Ayúdame a subir al animal a mi camioneta.

Estoy tan feliz de tener a Shiloh que apenas puedo pensar con claridad. Pero puedo pensar con suficiente claridad mientras arrastro con Judd a la venada, como para darme cuenta de que al dejar que se salga con la suya en esto pongo en peligro a otros venados. Si mató a ésta fuera de temporada entonces creerá que puede matar a más. Para salvar a Shiloh estoy poniendo en peligro a los venados. Trago saliva. Todo lo que tengo que hacer es pensar en la manera en que me miraría Shiloh si alguna vez se lo devolviera a Judd y entonces logro proseguir mi trabajo.

Cuando al fin llegamos a la casa rodante de Judd, ponemos al venado en el cobertizo improvisado que está en la parte de atrás. Lo primero que hace Judd es desangrar a la venada para que la carne no se eche a perder. Luego sale y borra las huellas con su pie, pisotea el pasto que se aplanó y cubre el rastro de sangre con tierra.

—Todos los días llego a las tres —dice Judd— y te quiero ver aquí a esa hora. Trabajarás para mí dos horas al día, cinco días a la semana. Quiero que apiles la leña que está allá atrás. Quiero que quites la mala hierba y que cortes el pasto. Quiero que recojas frijoles y que limpies el maíz... Cualquier cosa que se me ocurra, la tienes que hacer. Y te quiero aquí a partir de mañana.

—Aquí estaré —le digo—. Pero quiero por escrito que después de trabajarle por veinte horas, Shiloh será mío.

Travers gruñe y se mete a su casa rodante. Sale con un pedazo de papel de estraza donde garrapatea: "el sabueso para Marty Preston a cambio de veinte horas de trabajo. J. Travers."

Se me ocurre que quizá después de hacer el trabajo trate de pagarme con otro de sus perros.

—Ponga "Shiloh" —le digo.

Me lanza una mirada de disgusto, tacha la palabra "sabueso" y la sustituye por "Shilo", pero la escribe mal porque le falta la "h" al final.

Tomo el papel y lo guardo en mi bolsillo.

—Vendré mañana —le digo.

—Y si te atreves a decirle a alguien lo de la venada te vas a arrepentir, muchacho.

—Le di mi palabra —afirmo, lo cual, teniendo en cuenta

todas las mentiras que he dicho últimamente, no parece muy serio. Pero yo sí lo tomo así.

Me alejo de casa de Judd en una especie de zigzag, y no puedo dejar de sentir miedo de que me dispare por la espalda en cualquier momento, aunque estoy bastante seguro de que no lo haría. Ya fuera de su vista corro a través del bosque con el corazón haciéndome *pum-pum-pum*. Ya no puedo ocultar mi sonrisa.

¡Shiloh es mío! Repito las palabras una y otra vez. ¡Está a salvo!

Pero debería de sentirme aún más contento. Alguna vez pensé que si podía tener a Shiloh, ése sería el día más feliz de mi vida. De alguna manera lo es y de otra no lo es.

Quizá Judd dio su brazo a torcer porque en ese momento no se le ocurrió nada más. Dijo que podía quedarme con Shiloh, sólo porque necesitaba ayuda con el venado. Quizá cuando se deshaga de la evidencia me saldrá con que no le importa que vaya por el guardabosques y que no puedo quedarme con el perro. Hasta podría decir que él jamás escribió nada en ese pedazo de papel, y que lo hice yo.

Pero en verdad no lo creo. Lo que más me preocupa es que Judd cumpla su parte del trato y me dé a Shiloh, pero luego, algún día, cuando Shiloh corra libre por el bosque, Judd le dé un tiro en la cabeza sólo para vengarse de mí. ◆

Capítulo 15

◆ PERO ENTRE MÁS me acerco a casa más grande es mi sonrisa, de modo que cuando irrumpo en la cocina tengo una sonrisa de oreja a oreja.

Papá toma café. Mamá está en la sala, escuchando el servicio religioso del domingo por la mañana que pronuncia el Hermano Jonás. Lo ve por televisión todos los domingos a las siete, lo que me indica la hora que es ya.

—¿Dónde has estado? —pregunta papá y sé que mamá también aguarda mi respuesta—. Te levantaste y te fuiste. Estábamos preocupados.

Me siento y casi tengo que jalar mis mejillas para que la sonrisa no le dé toda la vuelta a mi cabeza.

—Fui a ver a Judd Travers y le compraré el perro —digo aún sofocado.

Mamá se pone de pie y viene a la entrada de la cocina:
—¿Qué?

—Pensé que no lo vendía —dice papá.

—No, pero lo convencí. Necesita quien lo ayude en su casa. Dijo que si yo trabajo duro para él durante veinte horas, a dos dólares la hora, eso cubrirá los cuarenta dólares que quiere por Shiloh.

La sonrisa de mamá crece a cada instante:

—¡No lo puedo creer! ¿Shiloh es tuyo?

—Aún no, pero lo será y ya no tenemos que llevarlo a casa de Judd.

Antes de que termine de pronunciar la última palabra mamá me abraza con fuerza y casi me saca el aire.

Creo que Shiloh puede oler a Judd en mí. También puede oler la sangre del venado. Lo sé por la forma en que olfatea mis zapatos. Pero finalmente no puede más. Está feliz de verme de regreso y me lame en señal de bienvenida.

Pero papá aún estudia mi rostro.

—No lo entiendo, Marty. Judd parecía estar bastante seguro en cuanto a quedarse con el perro. ¿Qué fue lo que pasó entre ustedes dos?

En verdad ya no quiero mentir más. Pero si les cuento todo, excepto lo del venado, eso es mentir por omisión, como dice mamá: es decir, significa no contar toda la verdad. Pero si les digo lo del venado después de haberle prometido a Judd que no lo haría, entonces le mentiría a Judd. Prefiero mentirle a Judd que a mis papás, pero lo veo de esta forma: papá no denunciaría a Judd incluso si lo viera matar a una venada fuera de temporada, porque así son las cosas por acá. Eso no necesariamente significa que estén bien, desde luego, pero así es mi papá, y nada va a cambiar si le digo lo de Judd y el venado. Además, prometí no hacerlo y no lo hago. En este momento Shiloh es lo más importante para mí.

—Le dije que no le iba a devolver a Shiloh por ningún motivo —le digo a papá.

Mis papás ahora sí me miran perplejos.

—¿Eso le dijiste a Judd Travers? —pregunta papá y se reclina en su silla.

—Era lo único que me quedaba por hacer. Después de intentarlo todo, fue lo único que se me ocurrió. Iba a decirle que tendría que llevarme a juicio, y que yo le diría al juez cómo maltrata a sus perros. Pero no tuve que ir tan lejos. Supongo que necesita ayuda en su casa.

Mamá se dirige a papá:

—¿Sabes?, creo que es porque Shiloh está herido. Supongo que Judd ha de pensar que Shiloh nunca volverá a ser igual, y por eso está dispuesto a venderlo. Se imaginó que se está deshaciendo de un perro cojo y que le tocó la mejor parte del trato.

—Eso creo —respondo.

Por fin papá sonríe.

—Así es que tenemos a un nuevo miembro en la familia —me dice, y es lo más dulce que he escuchado en casa en toda mi vida.

Después Becky y Dara Lynn despiertan. Están tristes porque piensan que tenemos que llevar a Shiloh a casa de Judd. Yo les doy las buenas nuevas y Dara Lynn comienza a bailar. Becky también baila y da vueltas, y luego Shiloh también lo hace, con su sonrisa canina. Todos estamos felices.

Mamá apaga la televisión y nos hace wafles. Le pone un

cuadro grande de margarina a cada uno en el centro y la miel de azúcar morena hecha en casa llena los platos. Hasta le hace uno a Shiloh. Si no tenemos cuidado vamos a hacer que se enferme.

—Ahora de lo único que tenemos que preocuparnos es de cómo alimentarlo a él y a nosotros —dice papá—. Pero hay comida para el cuerpo y hay comida para el espíritu. Y vaya si Shiloh alimenta nuestro espíritu.

No dejamos de acariciar a Shiloh ni un momento. Cada vez que voltea, alguien tiene una mano sobre alguna parte de su cuerpo. Lo saco para que corra un poco por primera vez desde su accidente. Cuando estamos en la colina y Shiloh corre en libertad, mi felicidad crece y crece hasta que me es imposible contenerla y grito: "¡Ehhhhhh!"

Shiloh salta y me mira.

"¡Ehhhh!", grito de nuevo de pura felicidad, tal y como lo hacen en la iglesia.

Y, de pronto, Shiloh lanza un ladrido. Es un ladrido bastante apagado, como si no supiera hacerlo, pero es un ladrido feliz. Está aprendiendo.

Lo único que me tiene algo triste es lo del venado. Me pregunto quién se encarga de ver que la ley se cumpla. Me pregunto si papá nunca denunciaría a Judd sin importar lo que haya hecho. Apuesto a que sí. Tiene que haber un momento en que lo que una persona haga sea asunto de todos.

El lunes a las tres de la tarde, cuando Judd aparece yo ya estoy en el pórtico de su casa. Todos sus perros permanecen encadenados a un lado de su casa y empiezan a ladrar como locos. Yo ni me les acerco porque un perro encadenado puede ser bravo. Ya apilé la leña, pero él quiere que lo vuelva a hacer: que ponga los leños grandes aquí y los más pequeños allá. Se ve malhumorado y cruel, como si estuviera enojado consigo mismo por darme al perro tan fácilmente.

Cuando termino con la leña me pasa un azadón.

—¿Ves ese jardín?

Asiento.

—¿Ves ese maíz? Quiero que desmenuces los terrones de lodo tan finamente que yo pueda colarlos entre mis dedos —dice.

Ahora veo qué se propone. Va a hacerme el trabajo difícil de manera que me resulte imposible complacerlo. Voy a trabajar veinte horas y él me va a decir que mi trabajo no sirve de nada, que quiere que le devuelva a su perro.

Trabajo hasta que me salen ampollas en las manos y el sudor me empapa la espalda. Ojalá pudiera trabajar temprano en la mañana cuando el sol no está tan fuerte. Pero no me quejo. Por fin me quito la camiseta, me la envuelvo en la cabeza para evitar que el sudor me caiga en los ojos y sigo con mi trabajo. Tengo los hombros tan enrojecidos que sé que mañana me van a doler más que nada, y así es.

Al día siguiente Judd me pone a tallar la casa rodante y su pórtico, a limpiar las ventanas, a barrer el patio. Él se sienta en una silla plegadiza con una cerveza fría. No me ofrece nada, ni siquiera agua. Lo odio más que al mismísimo demonio. Tengo la boca tan seca que la siento como si fuera de cartón.

Pero al tercer día, cuando voy a recoger frijoles me deja un poco de agua. Guardando las vainas en una cubeta, me inclino sobre los surcos durante una eternidad, al grado de que creo que me voy a quedar jorobado para toda la vida. Cuando termino, Judd me hace una seña de que me acerque al pórtico, que si quiero puedo sentarme a beber mi agua.

Casi me desplomo. Estoy feliz de estar en la sombra.

—Parece que te salieron unas ampollas —dice.

—Estoy bien —le digo y tomo otro gran sorbo de agua.

—¿Cómo está Shiloh? —pregunta. Es la primera vez que lo llama por su nombre.

—Aún cojea, pero come bien.

Judd se lleva la cerveza a los labios.

—Habría sido un buen perro de caza si yo hubiera logrado mantenerlo aquí. Los otros perros nunca se escapan.

Me quedo pensando en eso un rato y por fin le digo:

—Bueno, cada uno es diferente.

—Eso es cierto. Patea a uno y se esconde en el pórtico durante una hora. Patea a otro y se va para no regresar jamás.

Hago un esfuerzo por contestar a eso. Es decir, ¿por qué habría de patearlos en primer lugar? Luego me imagino que, no importa cuánta falta le haga, a nadie le gusta que lo sermoneen, y a Judd Travers menos que a nadie porque ya tiene como treinta años.

—Algunos perros se vuelven bravos si los maltratan —digo por fin—. A otros les da miedo. Shiloh tiene miedo.

—Jamás he golpeado a mis perros con una vara —continúa Judd—. Jamás he hecho eso en mi vida.

Transcurre un momento antes de que le responda. Por último le pregunto:

—¿Como están sus perros?

—Enloquecidos de ganas de ir a cazar conejos —dice Judd.

Nos volvemos para mirar a sus tres perros, todos tiran de las cadenas y se ladran entre sí.

—El más grande es el que más ladra —continúa Judd—. Por sus ladridos puedo saber si está tras una huella vieja o una fresca, si corre en una zanja, si nada o si acorraló a un mapache en un árbol.

—Qué bien —le digo.

—El más pequeño no es más que un perro de segunda: persigue casi cualquier cosa menos lo que quiero cazar. Espero que los otros le enseñen algo. Y el de en medio, bueno, ella también es muy escandalosa. Le ladra hasta a los árboles muertos.

Los perros pelean y Judd les avienta la lata de cerveza:

—¡Cállense! ¡Silencio!

La lata le da al perro más grande y los perros se disgregan.

—No les gusta mucho estar encadenados —dice Judd.

—Supongo que a nadie le gustaría —contesto.

Esa semana trabajo diez horas. Eso significa que gané veinte dólares y que me queda una semana más. Una tarde, cuando salgo rumbo a casa de Judd, Shiloh me sigue hasta cierto punto y después empieza a gemir y se regresa a la casa. Me alegra que no venga conmigo. No lo quiero cerca de Judd Travers.

El lunes de la segunda semana parece que Judd está empeñado en romperme la espalda, o la voluntad, o ambas. Esta vez me pone a cortar leña. Tengo que rodar un gran tronco de madera hasta la cepa que está al lado de su casa. Luego tengo que encajarle una cuña, golpear la cuña con el marro una y otra vez hasta que la madera caiga en leños que quepan en su estufa. Luego otro tronco y otro más.

Apenas si puedo levantar el marro, y al dejarlo caer, los brazos me tiemblan tanto que me falla la puntería. Casi dejo caer el marro. Éste no es un trabajo para mí, y si papá viera lo que Judd me hace hacer, le diría que es peligroso.

Pero Judd se ha propuesto darme una lección, y yo a él. Así es que continúo. Sé que partir leña me lleva el doble de tiempo que a él, pero no me detengo. Y todo el tiempo Judd se sienta en el pórtico a beber cerveza y a verme sudar. Estoy seguro de que lo disfruta muchísimo.

Después dice algo que casi me detiene el corazón. Se ríe y afirma:

—Vaya. Tanto trabajo para nada.

Descanso un momento y me enjugo el sudor con el brazo.

—Shiloh es algo —respondo.

—¿Crees que te vas a quedar con mi perro sólo porque tienes un papel con unas cuantas letras escritas en él? —Judd ríe y le da otro sorbo a su cerveza—. Ese papel no sirve más que para que te suenes la nariz. No hubo testigo.

Le clavo la mirada a Judd.

—¿Qué quiere decir?

—Ni siquiera sabes qué es legal y qué no lo es, ¿verdad? Pues si le muestras al juez un papel sin que tenga la firma de un testigo, te va correr a carcajadas de la Corte. Tiene que firmar alguien que haya visto que se efectuó un trato —Judd vuelve a reír—. Y aquí no hay nadie más que mis perros.

Siento náuseas y tengo ganas de vomitar. No se me ocurre qué hacer o decir, así es que sólo alzo el marro otra vez y sigo con mi trabajo.

Judd ríe aún más fuerte.

—¿Eres tonto o qué?

Como ve que no respondo agrega:

—¿Para qué te rompes la espalda?

—Quiero a ese perro —le digo y vuelvo a alzar el marro.

Esa noche, en el pórtico de mi casa con mamá, papá y Shiloh sentado en mi regazo, pregunto:

—¿Qué es un testigo?

—Alguien que conoce a Dios y predica su palabra —dice mamá.

—No, el otro tipo de testigo.

—Alguien que ve que sucede algo y firma para certificar que es verdad —dice papá—. ¿Ahora qué tienes en mente, Marty?

—Si uno hace un trato con alguien, ¿tiene que tener un testigo? —pregunto sin responderle a mi padre.

—Supongo que sí, si quieres que esté bien hecho y sea legal.

No soporto decirle a papá que fui lo suficientemente tonto como para hacer un trato con Judd Travers sin un testigo.

—¿Qué te propones? —vuelve a preguntar papá, que encoge los hombros mientras mamá le da un masaje en la espalda.

—Sólo pensaba en cómo se vende algo. Tierras o esas cosas.

Papá me lanza una mirada fulminante.

—No estarás tratando de vender parte de mi terreno para pagar ese perro, ¿verdad?

—No —le digo, feliz de despistarlo. Pero estoy muy preocupado. Todo rastro del venado ha desaparecido por completo. No sé qué habrá hecho Judd con la carne, si habrá rentado un refrigerador o alguna otra cosa. Pero no hay huesos ni piel que lo incriminen. Si lo denuncio ahora ya no puedo probar nada.

Al día siguiente Judd dice que soy un tonto. Ve que lo espero en las escaleras y dice que debo tener una cabeza tan dura como un coco; ¿acaso no me dijo ya que el papel que me dio no tiene ningún valor?

Yo lo enfrento.

—Tú y yo hicimos un trato —le digo—. Yo voy a cumplir con mi parte. ¿Qué quieres que haga hoy?

Judd apunta hacia donde está el marro y se dobla de risa, como si fuera la mejor broma que ha hecho en su vida. Ya siento el sudor en mi espalda y ni siquiera he empezado a trabajar.

Dan las cuatro y por fin acabo toda la leña, pero Judd se hace el dormido. Tiene la cabeza echada hacia atrás y la boca medio abierta, pero sé que sólo trata de engañarme. Quiere que me vaya a casa para decir que nunca cumplí mi parte del trato. Así es que voy al cobertizo, guardo el marro, saco la segadora y voy a quitar la hierba allá por el buzón. Durante una hora me dedico a desyerbar y, cuando dan las cinco, regreso al cobertizo. Él me observa. Camino hacia él.

—La segadora ya casi no corta, Judd. Si tienes una piedra de afilar puedo sacarle filo.

Él me mira largo rato.

—En el cobertizo —me responde.

Voy a traerla, me siento en la cepa y me pongo a afilar la segadora.

—Ya son más de las cinco —dice Judd.

—Ya sé.

—No voy a pagarte ni un centavo más —me advierte.

—No importa —le digo. Jamás he visto a un hombre con una mirada como esa. Judd está totalmente desconcertado.

Al otro día me dirijo a su casa y decido que no me queda más que cumplir con mi parte del trato, y ver qué pasa. Eso es lo único que puedo hacer. Si me doy por vencido ahora, Judd vendrá por Shiloh y estaremos justo donde empezamos. No quiero que Judd se enoje. De nada sirve tener un ganador y un perdedor, o jamás se acabarán los resentimientos. No quiero tener que preocuparme por Shiloh cuando corra y yo esté en la escuela. No quiero sentir que Judd está tan enojado conmigo que hará cualquier cosa para matar a mi perro.

La única señal en el mundo de que las cosas van bien es el agua que Judd me deja para beber. Hoy hasta tiene un poco de hielo y no vuelve a mencionar una sola palabra acerca de lo del testigo. De hecho, cuando termino de trabajar y me siento en el pórtico a beber, Judd habla un poquito más de lo normal. Lo único que nos une son los perros, pero es mejor que nada.

Decido decirle algo agradable. Decirle que tiene unos perros muy bonitos. Halagar a Judd Travers es como llenar un globo de aire caliente. Uno puede ver cómo se le inflama el pecho.

—Cuarenta, treinta y treinta y cinco —dice, cuando le menciono lo de sus perros.

—¿Así se llaman ahora?

—Es lo que me costaron.

—Si estuvieran un poco más gordos apuesto a que serían los sabuesos más bonitos de todo el condado de Tyler.

Judd está sentado. Le da vuelta a la lata de cerveza y dice:

—A lo mejor les haría bien un poco más de grasa.

Yo bebo mi agua despacio.

—¿Cómo es que se interesó en la cacería? —pregunto—. ¿Su papá lo llevaba de niño?

Judd escupe. Yo no sabía que un hombre pudiera beber cerveza y mascar tabaco al mismo tiempo, pero Judd lo hace.

—Una o dos veces —responde—. Es lo único agradable que recuerdo de mi papá.

Es la primera vez en mi vida que siento algo como lástima por Judd Travers. Si pudiéramos medirlo en una escala, la aguja casi no se movería en lo absoluto, pero supongo que hay una fracción diminuta que representa la lástima que me provoca. Yo pensé en todas las cosas bonitas que he hecho con mi papá. En cambio, Judd sólo podía recordar el ir de cacería. Creo que es bastante poco para toda una vida.

El jueves, cuando llego, Judd sufre otro ataque de maldad. Me doy cuenta de que ya casi no hay nada qué hacer. Quiere ponerme a trabajar en algo sólo para ver cómo sudo. Me ordena que cave una zanja para la basura. Me pone a arar el maizal de nuevo, a tallar el pórtico, a desyerbar la hortaliza. Pero casi a las cinco de la tarde, se da cuenta de que me queda sólo un día más.

Ese día he trabajado muy duro. Hice todo cuanto me ordenó y lo hice mejor de como me ordenó hacerlo.

—Bueno, sólo un día más —me dice Judd cuando me siento a beber mi último sorbo de agua y él se toma una cerveza—. ¿Qué vas a hacer con ese perro cuando sea tuyo?

—Jugar —le digo—. Y quererlo.

Nos sentamos uno al lado del otro mientras las nubes cambian de lugar: el viento las lleva de un lado a otro. Me pregunto cómo habrían resultado las cosas si no hubiera sucedido lo del venado. Si hace dos semanas sólo hubiera ido a tocarle la puerta a Judd para decirle que no le iba a devolver a Shiloh. ¿Qué habría pasado entonces?

A decir verdad, creo que mamá tiene razón. Judd me habría vendido a Shiloh porque está cojo. Judd es el tipo de personas a las que no les gusta eso en un perro, de igual forma que no quiere tener ni el más mínimo rasguño en su camioneta. El piensa que eso lo hace dar una mala impresión. Su camioneta tiene que ser perfecta para compensar sus propios defectos.

El último día que trabajo para Judd inspecciona cada una de mis labores y encuentra defectos en todo lo que hago. No deja de molestarme y me obliga a repetir el trabajo una y otra vez. Cuando es hora de irme le digo:

—Bueno, pues creo que eso es todo.

Judd no responde. Sólo se queda de pie junto a la puerta mirándome. Tengo la impresión de que va a decirme que me lleve el papel que me firmó, que lo queme porque no sirve de nada. Que vaya por el guardabosques si quiero, pues ya no hay trazas del venado. Que las dos semanas que trabajé para él fueron suficientes para que la lluvia lavara el rastro de sangre y el pasto creciera de nuevo en el lugar donde mató al venado.

Pero sigue sin decir nada, así es que emprendo mi camino a casa con el pecho adolorido.

—Aguarda un minuto —dice.

Me detengo. Entra a su casa y yo lo espero en el jardín. ¿Qué voy a responder si intenta decir eso? ¿Qué voy a hacer?

Y entonces Judd sale de nuevo. Trae algo en la mano. Baja la mitad de las escaleras.

—Toma —me dice. Es un collar para perro. Está viejo pero es mejor que el que trae Shiloh ahora—. A lo mejor le queda un poco grande, pero va a crecer.

Miro a Judd y tomo el collar. No sé cómo lo logré pero parece que, de alguna manera, aprendimos a llevarnos.

—Muchas gracias —le digo.

—Ya tienes perro —contesta, y se mete a la casa sin siquiera volver la mirada atrás.

Esa tarde, cuando llego a casa mamá hornea un pastel de chocolate para celebrar. Un pastel de verdad, no de esos que vienen en caja.

Después de la cena, papá y mamá salen al pórtico, y los cuatro jugamos en el pasto: Dara Lynn, Becky, Shiloh y yo. Becky intenta darle a Shiloh uno de sus besos de mariposa, pero él no se queda quieto el tiempo suficiente como para que ella bata sus pestañas contra su piel, así es que Shiloh le lame la cara.

Y después de que Becky y Dara Lynn se meten a la casa, me quedo tendido en el pasto, un buen rato y no me importa mojarme con el rocío. Shiloh está tendido a mi lado con las patas sobre mi pecho.

Miro el cielo que se cierra y se vuelve más y más oscuro, y pienso que nada es tan sencillo como parece: ni el bien, ni el mal, ni Judd Travers, ni siquiera el perro que tengo aquí. Pero lo mejor de todo es que salvé a Shiloh y aprendí un poco. Y eso no está nada mal para un niño de once años. ◆

Índice

Este libro se terminó de imprimir y encuader-
nar en el mes de junio de 2004 en Impreso-
ra y Encuadernadora Progreso, S. A. de C. V.
(IEPSA), Calz. de San Lorenzo, 244; 09830
México, D. F. Se tiraron 6 000 ejemplares.

Encantacornio

de Berlie Doherty
ilustraciones de Luis Fernando Enríquez

Y de pronto el mundo se iluminó para Laura. Vio el cielo lleno de estrellas. Vio a la criatura, con el pelo blanco plateado y un cuerno nácar entre sus ojos azul cielo. Y vio a los peludos hombres bestia que sonreían desde las sombras.

—¡Móntalo! —le dijo la anciana mujer bestia a Laura—. Encantacornio te necesita, Genteniña.

El unicornio saltó la barda del jardín con la anciana y con Laura sobre el lomo. La colina quedó serena y dormida: Laura, los salvajes y el unicornio se habían ido.

Berlie Doherty es una autora inglesa muy reconocida. En la actualidad reside en Sheffield, Inglaterra.

Una sarta de mentiras
de Geraldine McCaughrean
ilustraciones de Antonio Helguera

—Mamá, lee esto —dijo Ailsa extendiéndole el libro
abierto; luego comenzó a caminar por la tienda, al ritmo de
los latidos de su corazón. No podía ser. Él existía. Lo había
tocado. Tenía que existir. La vida de otras personas había
cambiado a causa de él. Hizo un esfuerzo para recordar los
diferentes clientes a quienes Era C. había atendido. ¿Dónde
estarían? ¿A dónde se habrían ido? ¿A quién acudir y
pedirle prueba de su existencia?

*Geraldine McCaughrean es una autora inglesa muy reconocida; en
1987 recibió el Premio Whitbread en Novela para niños. En la actualidad
reside en Inglaterra.*

para los grandes lectores

Una vida de película
de José Antonio del Cañizo
ilustraciones de Damián Ortega

El Jefe del Cielo al fin se decidió a hablar:
—Tomad a cualquier hombre del montón y, ¡sacaos de la manga una vida emocionante y llena de acontecimientos!
Sir Alfred Hitchcock dijo:
—Un caballero inglés siempre acepta un desafío. Me comprometo a transformar la vida del más mediocre y aburrido de los hombres que pueblan la tierra en toda una aventura…
¡UNA VIDA DE PELÍCULA! ¿Queréis participar en la aventura, compañeros? **—añadió dirigiéndose a John Huston y a Luis Buñuel.**

José Antonio del Cañizo vive en Málaga, España. En sus obras combina la corriente realista con el estilo y los recursos de la literatura fantástica: "fantasía comprometida", dice él. Ha obtenido varios premios importantes y sus obras figuran en algunos de los principales catálogos internacionales de literatura infantil y juvenil.

    Una vida de película ganó el primer premio del I Concurso literario A la Orilla del Viento.